Une enquête du commissaire Raffini

AU GOLF DROUOT

RODOLPHE

Une enquête du commissaire Raffini

AU GOLF DROUOT

LIRALEST

LE PYTHAGORE ÉDITIONS

8 bis, rue de Verdun – 52000 Chaumont
Achevé d'imprimer en mars 2025 par La Manufacture
ISBN : 978-2-37231-193-9
Dépôt légal : avril 2025

Remerciements à Long Chris pour sa documentation et ses encouragements.

1

Jean-Louis, c'est un nom de gros, de moche, de gros moche. C'est le mien. Et maman qui me l'a donné, ce foutu nom, doit penser qu'il me va bien! L'autre aussi, celui qui est assis en face et qui me pose toutes ces questions à la con, lui aussi il pourrait bien s'appeler Jean-Louis. Sûr que ça lui irait! Ce serait raccord avec ses bretelles, son gros bide et sa tête de cochon! Psychologue scolaire, voilà ce qu'il dit être! Je t'en foutrais, des psychologues! Bon, qu'est-ce qu'il va me sortir, maintenant, l'abruti?

L'abruti posa ses coudes sur le bureau, ses mains se rejoignant, ses doigts boudinés formant la charpente de quelque chapelle improbable…

— Jean-Louis, explique-moi : qu'est-ce qui ne va pas?

Ce qui ne va pas? Mais tout, merde! Rien ne va! Nulle part! Pas plus chez moi qu'ailleurs! Maman qui pisse sans fermer la porte des chiottes, Roland qui fait des bruits dégueulasses en bouffant et qui ne se gêne pas pour roter, cette baraque de merde avec ce cagibi qui me sert de piaule! La cour en bas avec son W.-C. qui pue et ses poubelles qui dégueulent! Rien ne va! Cette école où je m'emmerde, ces boulots pourris où je vais me retrouver un de ces quatre, comme Jojo, mon voisin de palier. Chaudronnier. Levé tous les matins à 6 heures moins le quart par le barouf du réveil ! Rien ne va, ouais ! À commencer par ma gueule, ma sale gueule de gros con avec ces boutons dégueulasses, ces cheveux qui rebiquent et ces poils de moustache que je passe mon temps à couper et qui repoussent…

— Tu ne réponds pas ?

Jean-Louis pensait beaucoup mais parlait peu. Le bonhomme reprit :

— Ta mère nous a dit que ça ne se passait pas très bien à la maison. Alors si déjà ça se passe mal à l'école… Qu'est-ce qu'il y a avec ta mère ? Vous ne vous entendez pas ?

— Non.

Il décroisa les mains, la chapelle s'effondra, il ouvrit son dossier.

— Ton papa n'est pas là. Vous vivez tous les deux ?

— Des fois. D'autres fois y a Roland…

— Roland ?

— Ouais, l'ami de maman.

— Ah ? Et avec lui, ça se passe bien ?

— Non.

— Eh bien, dis donc, si je comprends bien, ça se passe mal avec beaucoup de gens. Avec tes professeurs aussi, à ce qu'on m'a dit ! Tu as des copains ici, à l'école ?

Jean-Louis avait baissé la tête et regardait ses

mains. Lui n'avait pas construit de chapelle. Ses pattes pendouillaient au bout de ses bras comme des chiffons mous, des choses inutiles.

— Non. Pas vraiment…

— Pourquoi ça ?

— J'sais pas. C'est comme ça. Ce n'est pas grave…

— Grave peut-être pas, mais ennuyeux ! C'est bien d'avoir des copains, des amis. Quand quelque chose ne va pas, tu peux en parler, raconter tes ennuis à d'autres. Qu'est-ce que tu fais, toi, quand quelque chose ne va pas ?

— Rien…

Le psy replongea dans son dossier. Il lut : « Jean-Louis Dubreuil. Né le 26 août 1946. Mère : Josiane Dubreuil, femme de ménage, père inconnu… Redoublement de la 5e et de la 4e. Moyenne générale 7,25 sur 20. Absences non justifiées répétées, fugues, conseil de discipline… »

— L'année dernière tu es parti deux fois de chez toi sans prévenir ta mère…

Le gamin ébaucha un sourire :

— Mes fugues ? Ouais… Maman a prévenu les flics. Après, y a fallu que j'aille les voir…

— Et pourquoi étais-tu parti de chez toi comme ça, sans rien dire ?

— Je m'emmerdais…

— S'il te plaît, parle correctement.

— Je m'ennuyais, j'étouffais. J'en pouvais plus des remarques de ma mère et surtout de ce con de Roland.

Le psy ne releva pas l'écart de langage. Autant laisser le gosse s'exprimer à sa manière. Vu le milieu social d'où il venait…

— Et qu'as-tu fait pendant ces fugues ?

— Rien.

— Mais encore ? Tu as été où ? Tu retrouvais des gens que tu connaissais ? De la famille ?

Le gosse commençait enfin à réagir et à s'animer :

— J'ai pas de famille. Juste ma mère et des cousins en Belgique. Je sais pas vraiment…

— Et tu dormais où ?

— La première fois dans un square et la fois d'après dans une maison abandonnée. Y avait un matelas…

— Et dans la journée, que faisais-tu ?

— Je me baladais…

— Dans les boutiques ?

— C'est possible…

— Tu piquais des choses ?

Le psy s'adaptait au langage du gamin. Comme celui-ci ne répondait pas, il sortit un autre document de son dossier.

— Tu as été pris en novembre dernier au Prisunic du Centre à voler une chemise et des disques. Ta mère a été convoquée. Elle ne devait pas être contente, hein ?

— Non.

— Elle t'a battu ?

Le gamin releva la tête. Un étrange sourire apparut.

— Si vous croyez que je me laisserai faire ! Même Roland il a pas intérêt à essayer.

Le psy observa son interlocuteur. Le gosse était grand, bien bâti, plutôt baraqué. C'est vrai que s'il cherchait à se défendre…

Il reprit :

— Pourquoi avais-tu volé ces trucs ?

— Ben… La chemise, c'est que j'en avais plus de propre et que maman m'en avait pas acheté. En plus celle-là, elle était super chouette. C'était comme une chemise de cow-boy…

— Et les disques ? C'était quoi comme disques ?

Jean-Louis renifla et repoussa la mèche tombant sur son front.

— Du rock, m'sieur.

— Du rock ? Mmmm…

— Johnny et les Chaussettes noires.

L'homme aux bretelles rangeait son document et feuilletait à nouveau son dossier. Les Chaussettes noires ! Pfff !

— Reprenons… Tu viens à nouveau de passer en conseil de discipline. C'était pourquoi, cette fois ?

— Une bagarre, m'sieur.

— Ici ? Dans l'école ?

— Dans la cour de récré…

Il expliqua :

— Deux cons ont essayé de m'enfermer dans les chiottes… euh, les W.-C. Alors je me suis pas laissé faire.

— Tu y as quand même été fort. L'un de tes adversaires a eu le nez cassé ou tout comme ! Ses parents ont parlé de porter plainte… Bref, mon jeune ami, tu as le chic pour t'attirer des ennuis. Ici à l'école, il y a pas grand monde qui te porte dans son cœur. Tu as déjà eu deux renvois – de trois et cinq jours. Le prochain, celui qui te pend au nez, c'est le renvoi définitif ! Tu t'en rends bien compte ?

Le gosse ne répondait pas. Lui tournant le dos, le psy se leva pour regarder la cour de récréation en contrebas. Une classe dévalait un perron en braillant, avant de se disperser dans la cour. Non, le gosse n'est pas méchant. Il accumule les conneries, c'est vrai et il est plutôt mal parti. Faut dire qu'il n'est pas aidé non plus par son milieu. Tout à l'heure, le praticien avait vu la mère de l'élève et ils s'étaient entretenus quelques instants. Visiblement cette dame n'avait écrit ni les *Égéries* de Ronsard ni les *Mémoires* de Chateaubriand ! Au mieux lisait-elle *Les Amours célèbres* et *Le crime ne paye pas*, les bandes dessinées en dernière page de *France-soir*. Même l'invention du fil à couper le beurre ne semblait pas être de son fait : une femme suspicieuse et irritée, limitée et agressive, certainement malheureuse, et qui rendait sans doute l'humanité – et le fils en premier – responsable de ses malheurs.

Le praticien soupira et retourna vers son bureau. Le gosse n'avait pas bougé. Tête baissée, il semblait observer le tracé de ses mains : cherchait-il lui aussi à lire son avenir ?

— Jean-Louis, as-tu une idée de ce que tu voudrais faire plus tard ?

— Non.

— Tu n'es pas très bon en sciences et en mathématiques, mais en français ? Tu aimes lire ?

— Non. Pas trop.

Bon, lui non plus n'écrirait pas *Madame Bovary*. Passons…

— Dis-moi ce qui t'intéresse, quelles sont les choses qui te plaisent ?

— Quelles choses ?

— J'en sais rien… les choses de la vie…

— Ah ! j'aime bien la musique. Le rock. Et puis le foot aussi.

Le psy griffonna quelque chose sur la marge d'un document.

— Et sinon ?

— Rien…

Jean-Louis releva la tête vers l'horloge murale au-dessus du bureau.

Vingt minutes qu'il a commencé son interrogatoire, ce con, ça va peut-être enfin se terminer ? Qu'est-ce qu'il voudrait que je lui raconte de plus ? Que j'aime pas les gros types à bretelles ?

Le psy le fixait. Une expression grave, presque douloureuse marquait son front.

— Qu'est-ce qu'on va bien pouvoir faire de toi, Jean-Louis ?

Ça ! Si je le savais ?… Encore que pour commencer tu pourrais me lâcher la grappe et t'occuper de tes fesses !

Faut croire qu'il avait été entendu : le praticien ramassa ses documents et les rangea dans une chemise. Il glissa celle-ci dans le gros cartable posé contre le bureau et se leva.

— Bon. Je vais voir ce qu'on va décider. Ta mère sera avisée. Elle est encore là ?

Oui, elle était encore là à attendre dans l'extrémité du préau dont les trois chaises et la petite table de Formica faisaient fonction de salle d'attente. La porte vitrée du bureau s'ouvrit soudain. Le fils sortit, escorté par le gros bonhomme qui lui tapotait le dos. Elle leur jeta un regard suspicieux et se leva.

— C'est bien, madame Dubreuil. Jean-Louis et moi avons longuement discuté…

— Alors ? interrogea-t-elle.

— Je ne peux pas vous donner de réponse formelle. C'est bien sûr à l'équipe enseignante de se prononcer. Pour ma part je serais partisan de lui laisser une chance. Sans doute la dernière. Mais je ne peux rien promettre. Je pousserai en ce sens, c'est tout ce que je peux faire.

L'homme se tourna vers Jean-Louis :

— C'est à toi de te secouer, mon garçon, de prendre tes affaires en main. C'est ta vie, ton futur que tu joues en ce moment. Tu n'es plus un petit enfant, il faut te remuer, mon bonhomme, travaille, nom d'un chien !

Puis il le prit par le bras. Presque affectueusement.

— Tu vas y arriver, Jean-Louis. J'en suis presque sûr ! Remonte ta moyenne de quelques points et ce sera bon pour le lycée. Tu es d'accord ? Tu vas faire un effort ?

Jean-Louis acquiesça d'un mouvement de tête

évoquant celui des petits chiens de peluche sur la lunette arrière des voitures.

— Au revoir, Jean-Louis ! fit le praticien.

Va te faire foutre, Ducon !

2

La Traction venait de se garer devant le 112 de la rue Lauriston. Les beaux quartiers : le XVIe arrondissement parisien. Le commissaire Raffini et son adjoint l'inspecteur Morlaine s'extrayaient de la Citroën. Un peu difficilement pour Morlaine.

— Attention, mon vieux, vous prenez du poids ! À la course, tous les malfrats vous distanceront facilement ! Doucement sur le cassoulet de madame.

L'inspecteur ne répondit que d'un sourire. Sa femme était en effet une cuisinière réputée et lui un amateur tout aussi réputé. De plus il n'était pas très sûr de chercher à courser les criminels, pour peu que ceux-ci soient armés ! Se faire perforer la bedaine, très peu pour lui, même si celle-ci avait, ces derniers temps, pris en effet un peu de volume.

Raffini leva la tête vers les immeubles environnants. Morlaine le rejoignait.

— C'est quel numéro ?

— Là, juste en face… Je regardais les immeubles… C'était ici, rue Lauriston, que la Gestapo française avait ses quartiers. La « Carlingue » de Lafont et Bonny. Bonny était un des nôtres, hélas !

— Un mouton noir, oui…

— Avant-guerre, ça avait été quelqu'un. Il s'était occupé de l'affaire Stavisky. Je l'avais croisé…

Les deux hommes avaient maintenant traversé la rue et s'immobilisaient devant l'entrée d'un immeuble de trois étages. Raffini pressa la sonnette, l'appareil grésilla.

— Madame Laroche? Commissaire Raffini et inspecteur Morlaine.

— Je vous ouvre, fit une voix de femme, troisième gauche.

— Merci.

L'ascenseur aux grilles tarabiscotées s'immobilisa au dernier étage. La porte palière était déjà ouverte. On les attendait.

— Commissaire... ?

— Oui, c'est moi. Et mon adjoint, l'inspecteur Morlaine que vous avez eu au téléphone tout à l'heure...

— En effet. Entrez, messieurs, entrez...

Elle s'effaça pour les laisser passer. Le parquet brillait. L'appartement sentait l'encaustique. Et l'argent, aussi. La femme les guida à travers un long couloir puis les introduisit dans le salon. Une vaste pièce ouverte de deux grandes portes-fenêtres et habillée d'une immense bibliothèque montant jusqu'aux moulures du plafond. Alentour, meubles de style et toiles de maîtres se donnaient la réplique. La femme désigna deux fauteuils aux bras dorés.

Elle s'assit face à eux.

— Merci d'être venus si vite.

— Vu les circonstances, c'est normal. Si vous voulez bien nous expliquer...

Le matin même, Morlaine avait reçu l'appel d'une

personne hystérique, une femme terriblement angoissée dont il avait eu du mal, dans un premier temps, à bien saisir le nom et la nature exacte du problème.

Elle avait entre-temps repris un petit peu de calme et de sérénité.

— C'est au sujet de votre fille, c'est cela ?

— Marion ! Elle a disparu.

Morlaine avait sorti un calepin et un stylo de sa gabardine. Il attaqua :

— À quelle heure m'avez-vous dit avoir constaté sa disparition ?

— L'heure exacte, je ne sais pas… Le lundi elle a cours de danse. Elle y va directement après le lycée.

— En quelle classe est-elle ? intervint Raffini.

— Terminale. Sciences-ex…

— Reprenez : vous parliez d'un cours de danse. Elle y va directement après le lycée, sans repasser par la maison ?

— Elle a un casier sur place où elle range ses affaires, ses ballerines, tout ça…

— Il est où ce cours de danse ?

— Tout près. Rue Berthomier. Là, derrière, c'est à deux pas…

— À quelle heure finit-elle ses cours au lycée ?

— Le lundi, c'est 17 h 30. La danse commence à 18 heures. Ça ne vaut pas la peine de repasser ici.

— Et d'habitude elle rentre à quelle heure ?

— 19 h 30. À cinq minutes près bien sûr.

— Sauf hier soir ?

— J'avais un dîner à préparer. On recevait des amis. J'étais dans la cuisine. Au début j'ai pas fait attention… C'est tout d'un coup que je me suis rendu compte qu'il était plus de 20 heures. Presque la demie… Ce n'était pas normal.

— Vous avez appelé le cours de danse ?

— Bien sûr. Mais il était déjà fermé. Alors j'ai appelé une des copines de classe avec laquelle elle suivait le cours. Marianne, Marianne Delpierre. Elle m'a dit que Marion était bien au cours. Et qu'elles sont parties comme d'habitude un peu avant 20 heures.

— Partie et toujours pas arrivée ?

La femme baissa la tête.

— Qu'a-t-il pu se passer, commissaire ? Qu'a-t-il pu lui arriver ?

Raffini, devinant que les larmes étaient proches, tempéra :

— Vous n'avez dans l'immédiat pas plus de raisons que cela de vous faire du mouron : elle a pu être invitée par une amie…

— Chez qui elle serait restée la nuit entière sans même nous prévenir ?

— … Ou bien faire une fugue ?

— Une fugue ? Allons ! On voit bien que vous ne la connaissez pas ! C'est une fille gentille et épanouie. On s'entend bien, elle me parle…

— Vous avez une photo d'elle ?

La femme se leva.

— Je vais vous en chercher.

Raffini se pencha vers Morlaine :

— En premier lieu, faire les hôpitaux et les commissariats…

Morlaine opina du chef. La femme revint et leur tendit un cliché.

— Voilà !

C'était une jolie fille de dix-sept ou dix-huit ans, aux cheveux blonds mi-longs formant sur le front et l'oreille une mèche lumineuse. Elle souriait au photographe. Raffini nota l'expression espiègle. Assurément une gentille fille, qu'on ne voyait guère, a priori, jouer les fugueuses ou les délinquantes.

— Nous pouvons vous l'emprunter ?

— Bien sûr !

Morlaine continuait à prendre des notes dans son carnet.

— Comment ça se passe en classe pour elle ? reprit le commissaire.

— Toujours dans les cinq premières.

— Bien, bien… Un petit ami ?

— Pas à ma connaissance… Des flirts, c'est possible… mais rien de bien sérieux. Elle m'en aurait parlé…

— Des copines de classe, des amies ?

— Oh ! oui, beaucoup. Marion est quelqu'un de très liant. À peine arrivée quelque part, elle se fait aussitôt des amies.

— À l'occasion, vous nous ferez une petite liste de celles qu'elle voit le plus fréquemment ? Avec les numéros de téléphone, si vous les avez ?

Le commissaire se leva. Morlaine rangea son carnet.

— Est-il possible de voir sa chambre ?

— Bien sûr. Venez…

Ils reprirent le long couloir. Au fond de celui-ci la femme ouvrit une porte, délivrant aussitôt un flot de lumière.

— Voilà !

C'était une vaste chambre habillée de tons ocre et jaunes : grands doubles rideaux à motifs contemporains, épaisse moquette chinée, couvre-lit mexicain. Sur les murs des affiches punaisées représentant des spectacles de danse. Côté gauche, encadrant le lit, un meuble cosy-corner avec quelques livres et deux grandes poupées ; côté droit, contre la porte, un secrétaire, avec des livres et des cahiers empilés. Derrière celui-ci, une table basse supportant une valise électrophone en tissu écossais. À côté, une dizaine de disques 45 tours et leurs pochettes éparpillées…

Les deux policiers s'avancèrent. De la fenêtre, Raffini regarda en contrebas le jardin intérieur de l'immeuble peuplé de thuyas et d'un bouleau déplumé. Morlaine jetait un œil rapide aux livres et aux cahiers de cours. Il ramassa les pochettes de quelques disques : Paul Anka, Elvis Presley, Ray Charles, des noms qui ne lui disaient pas grand-chose… et même rien du tout !

Abandonnant la fenêtre, Raffini revint vers la penderie, derrière le lit.

— Je peux jeter un œil ? interrogea-t-il.

Elle répondit d'un simple soupir.

Il ouvrit les trois grands tiroirs, glissant sa main

sous les chemisiers et les chandails, pour en palper les fonds.

— Votre fille tenait-elle un journal ?

— Non. En tout cas, pas à ma connaissance…

— Un agenda ?

— Bien sûr. Mais elle l'avait avec elle dans son cartable. Et comme elle n'est pas rentrée à la maison…

— En effet…

Raffini s'attaquait maintenant aux vêtements pendus : jupes, vestes, manteaux. Ce sont principalement les poches de ceux-ci qui l'intéressaient. Mouchoirs, tickets d'autobus oblitérés, emballages de chewing-gum : rien ne semblait bien intéressant. De la doublure intérieure d'un blazer il extirpa néanmoins un petit carton coloré qui retint son attention.

— Votre fille joue-t-elle au golf ?

— Non.

La femme avait rejoint le commissaire. Il lui montra sa trouvaille : un petit ticket bleu. On y lisait :

« GOLF DROUOT/Bon pour une consommation »

Elle observa dubitativement le carton.

— Étrange ! Pourtant comme je vous le disais, elle ne joue pas au golf. Si elle s'y était mise, elle me l'aurait dit…

— En vacances peut-être ? Un golf miniature ?

— Non. Et puis ce n'est pas un vêtement de vacances.

— C'est vrai…

Raffini remisa le ticket dans son portefeuille.

— Ah ! une autre question : quels vêtements portait-elle hier ? Si nous devons lancer un avis de recherche…

Elle réfléchit.

— Un blouson rouge et un chemisier blanc. Une jupe bleu marine et des bas blancs. Et des chaussures noires, basses, avec une boucle.

Morlaine, qui avait ressorti son carnet, prenait note.

Raffini referma la porte de la penderie. Il se pencha sur le cosy-corner et passa un doigt sur le dos des livres : *Le Grand Meaulnes, Les Hauts de Hurlevent, Bonjour tristesse*… Juste ce qu'on est en droit d'attendre des lectures d'une adolescente du temps…

— C'est bon pour vous, Morlaine ?

L'intéressé, qui farfouillait parmi les gommes et les crayons du secrétaire, se redressa.

— C'est bon.

— Alors, allons-y.

Ils regagnèrent le couloir. Leur hôtesse referma la porte derrière eux.

— Nous n'allons pas vous déranger davantage. A priori nous avons les informations qui nous sont nécessaires. Si nous avons besoin d'autres choses, nous nous permettrons de repasser vous voir. En attendant, pensez à établir une liste des proches de votre fille, et bien sûr, à nous appeler immédiatement si celle-ci vous donne signe de vie…

Elle détourna la tête pour qu'on ne la voie pas pleurer.

— Merci !

Raffini lui serra le poignet.

— On fera le maximum. Courage ! Comptez sur nous !

Tandis que l'ascenseur les reconduisait poussivement dans le hall, le commissaire proposa à Morlaine d'aller pour commencer jeter un œil – et une oreille ! – au cours de danse. Celui-ci se situait juste à côté, à peine quelques centaines de mètres, à l'angle de la rue Berthomier et d'une impasse : une grande façade vitrée sur deux étages, à la façon des anciens ateliers d'artiste. Au rez-de-chaussée, une plaque indiquait :

« COURS DE DANSE/Sergio Boliokoff »

Les deux policiers poussèrent la porte et gravirent un escalier usé. À l'étage, la porte palière n'était pas fermée et de la musique s'en échappait. Par-dessus, une voix scandait : « Une, deux, et une, deux, une deux… »

Dans la vaste salle que fermait la verrière, une douzaine d'enfants en tutu se contorsionnaient au rythme d'une chorégraphie musicale complexe. Raffini repéra sur la droite un bureau à la cloison vitrée. Derrière, la silhouette d'une femme se penchait sur une machine à écrire.

Raffini et Morlaine poussèrent la porte ; le commissaire sortit sa carte. La jeune femme recula son siège, surprise.

— La police ?

— Nous venons au sujet d'une de vos élèves,

Marion Laroche. Il semble qu'elle ait disparu…

— Marion ? Disparue ? Comment ça ?

— Elle était chez vous, hier soir ?

— Oui, en effet. Je la connais bien, la jeune Marion. Une élève douée…

— Vous-même l'avez vue hier ? Comment vous a-t-elle semblé ? Vous n'avez rien remarqué chez elle de différent ? D'étrange ?

— Non. Rien de particulier…

— À quelle heure est-elle repartie ?

— Comme tous les élèves. C'est notre dernier cours. Le lundi on n'a pas de classe en soirée. À 20 heures tout est fermé. Le dernier cours se termine à 19 h 15. Le temps qu'elles se rhabillent, à la demie ou moins vingt-cinq, tout le monde est parti.

— Il y a des parents qui viennent les chercher ?

— Des filles de seize ou dix-huit ans ? Vous pensez ! Les petites, oui, bien sûr, mais pas des grandes comme ça ! Peut-être des petits copains, mais ça, c'est pas notre affaire…

— Qui donnait le cours, hier soir ?

— Marlène. Mais elle n'est pas là ce soir. De toute façon elle n'aurait pas pu vous en dire plus. Quand le cours s'est terminé, elle est venue me voir, ici dans le bureau, et nous avons parlé cinq minutes. Ensuite elle est allée se changer et puis elle est partie.

— Et les filles ? Vos élèves ? Où vont-elles à la fin du cours ?

— Au vestiaire. Là, juste à côté.

— On peut voir ?

— Bien sûr.

La jeune femme se leva, raccrochant une mèche échappée de son chignon. Longeant pour la suivre la vaste salle de danse, les deux hommes notaient en silence la silhouette parfaite de leur guide, son corsage saumon aux manches bouffantes, sa courte jupe de tweed, la couture parfaitement ajustée de ses bas fumés et ses élégants escarpins. Mais bien sûr l'heure n'était pas à succomber à quelque séduction…

Le vestiaire des élèves était une pièce étroite sans fenêtre où s'alignaient plusieurs hauteurs de casiers métalliques. Une forte odeur de transpiration imbibait les lieux.

— Ça demanderait à être aéré, s'excusa leur hôtesse.

Raffini jeta un rapide coup d'œil au lieu puis se pencha vers les casiers.

— Les vestiaires sont individualisés ?

— En effet. Un par élève. Comme ça elles n'ont pas à ramener systématiquement leurs affaires chez elles.

— Vous savez lequel est celui de Marion ? interrogea Raffini.

— Le nom figure sur chacun…

La jeune femme se pencha et inspecta une rangée.

— De ce côté-ci, ce sont ceux des petites. Les grandes doivent être en haut.

Son doigt s'immobilisa devant l'un des casiers.

— Là, le voilà.

— Vous pouvez l'ouvrir ?

— Bien sûr. Chaque élève a sa clé, mais j'ai un passe.

Elle sortit une clé et ouvrit le casier. À peine plus grand qu'une boîte à chaussures ! Raffini en sortit un tutu tire-bouchonné et des ballerines dans un sac. Il y avait encore une corde à sauter, une serviette et un peigne. Maigre trésor ! La femme referma le casier. Ils rejoignirent la grande salle, elle les raccompagna sur le palier.

— Peut-être serons-nous amenés à revenir vous voir pour les besoins de l'enquête. À moins que Marion ne se manifeste d'ici là. Ce que bien sûr on espère tous !

Plus tard, en regagnant leur Traction, Morlaine commenta :

— Une jolie femme, la directrice… Vous ne trouvez pas, commissaire ?

Raffini ne put qu'acquiescer.

3

Midi trente Chez Raoul. L'heure d'affluence. Le passe-plat grinçait en permanence et la porte avec la cuisine ne cessait de battre dans les deux sens. Raoul, le maître des lieux, le ventre couvert d'un vaste tablier, se glissait entre les tables, beuglant le convenu mais bien approprié « chaud devant » pour éviter que son plateau ne lui échappe pour aller décorer quelque costume ou chemisier.

Raffini et son vieux camarade Gérard Mével, archiviste de la « maison », avaient trouvé refuge contre le mur du fond, abrité derrière un gros pilier. C'était là en quelque sorte leur cantine. Cuisine française, simple mais copieuse. Et puis le Raoul soignait son commissaire. On ne sait jamais…

L'endroit, bas de plafond, était bruyant et mieux valait parler fort si on voulait avoir une chance de se faire entendre…

— Tu n'étais pas là, ce matin ? interrogea Mével. Je suis passé chez toi vers 10 heures…

— Non. Une histoire de disparition nous est tombée dessus. On était sur place avec Morlaine.

— Inquiétante ?

— Toutes les disparitions sont inquiétantes. Je veux dire au départ. Parce qu'ensuite c'est vrai que la plupart se résolvent d'elles-mêmes. Là, je ne sais pas ce que ça va donner…

— Adulte ? Enfant ?

— Une ado… jolie fille d'ailleurs… Disparue hier soir à la sortie d'un cours de danse… Pas rentrée de la nuit… C'était pas dans ses habitudes. La mère ne dort pas…

— Je la comprends…

Raoul se pencha sur leur table.

— Vous avez choisi ?

Raffini leva la tête.

— C'est quoi le plat du jour ?

— Petit salé-lentilles.

— Allons-y pour un petit salé !

— Un second ! fit Mével en stéréo.

— Et c'est parti ! conclut le Raoul en récupérant les cartons des menus puis s'engouffrant dans la cuisine.

— Et alors ? s'enquit Mével.

— Alors quoi ?

— Eh bien, cette disparition : qu'en penses-tu ? Fugue ? Enlèvement ? Histoire d'amour adolescente ? Truc crapuleux ?

— Un peu tôt pour le dire… La mère explique que sa fille n'est pas du genre fugueuse, qu'elle se confie, qu'elle lui raconte tout… Enfin, c'est peut-être ce qu'elle croit…

— Qu'est-ce que vous allez faire ? Avis de recherche ?

— Bien sûr… D'abord, interroger tout ce petit monde : les copines, les voisins, les profs… Commencer par bien piger qui était cette gamine, ce qu'elle avait dans la tête… Tout ça…

Raffini plongea brusquement la main dans la poche de sa veste, en extrayant son portefeuille.

— Ah ! tiens, une question…

Il lui tendit le petit ticket bleu.

— Ça te dit quelque chose ?

— Golf Drouot ? Un golf ? Non… Il serait où ce golf ? Ici à Paris ? Ça m'étonnerait. En banlieue ?

— Peut-être…

Raffini reprit le ticket qu'il remisa précautionneusement dans son portefeuille.

— Ça peut aussi être un golf miniature. Tu sais ces petits parcours avec des obstacles rigolos : le puits, le pneu, le phare. En vacances, mon neveu adore ça…

Le gros Raoul dansait à nouveau entre les tables, son plateau oscillant dangereusement au-dessus des têtes.

— Ah ! je crois que c'est pour nous…

— Il y a quand même un truc bizarre… reprit Mével tandis que le patron posait sur leur table deux assiettes fumantes.

— Je ne vous ai pas demandé pour le vin. Comme d'habitude ? Un pichet de côte ?

— Parfait !

Raffini, couteau et fourchette bien en main, se préparait à mener l'assaut des pauvres lentilles et de l'innocent petit salé, quand lui revint la remarque de son ami.

— Tu as parlé d'un truc bizarre… Quel truc bizarre ?

— Eh bien, « Bon pour une consommation », c'est

bizarre pour un club de golf, non ?

— J'en sais rien, j'y ai jamais foutu les pieds.

— Moi non plus, hormis les golfs miniatures. Mais même là, tu n'as pas de consommations. Il n'y a pas de bar dans ces trucs-là. Enfin, à ce que j'en sais. Il va falloir que je me renseigne.

Mais l'attente pesait trop sur le commissaire. Oubliant les tickets, les golfs et les bars, il enfournait déjà une vaste goulée de lentilles qu'agrémentait l'extrémité d'une saucisse.

— Bon app, vieux !

Ils mastiquèrent quelques instants en silence. Raoul apporta le pichet, Raffini remplit leurs deux verres.

— Et toi, quoi de neuf ?

Mével eut un petit sourire.

— Tu ne devineras jamais…

— Quoi ? Une promotion ? Tu ne vas pas nous quitter ?

Le sourire s'accentua.

— Non, non, ce n'est pas lié au boulot…

— Quoi alors ?

— Je tenais à ce que tu sois le premier à l'apprendre : je vais me marier.

La fourchette de Raffini resta en suspens.

— Hein ?

— Comme je te le dis !

— J'ai du mal à imaginer que…

Mével reprit le cours de sa mastication.

— Moi aussi !

— Je la connais ?

— Je ne crois pas. Marie-France. On s'est rencontrés il y a deux ans, l'été à Donville. Depuis on s'est fréquentés et…

— Je vois, fit Raffini qui voyait surtout que le surgissement inopiné de cette Marie-France aurait pour effet certain de limiter la disponibilité de son ami pour leurs sorties communes.

— Moi non plus je ne m'imaginais pas me marier un jour. À mon âge…

— Bah ! tu n'es pas vieux ! Tu as combien ? Trente-cinq ?

— Quarante-trois !

— Bah ! ce n'est pas le bout du monde. Que dirais-tu à ma place, alors ?

Mével continuait :

— Elle est plus jeune que moi. Elle a trente-deux ans. Elle est standardiste chez Antar. Au siège. Je pense qu'elle te plaira.

— Sûrement !

— Elle a l'esprit rapide et beaucoup d'humour. Et mignonne avec ça.

— Te connaissant, je n'en doute pas !

Raoul apporta les crèmes brûlées puis les cafés concluant leurs agapes.

— Dis donc, il va être temps d'y aller.

Ils récupérèrent leurs gabardines à la patère près de l'entrée. Dehors le vent soufflait par bourrasques. Par deux fois entre la gargote de Raoul et le digne édifice du quai des Orfèvres, le couvre-chef du commissaire menaça de s'envoler.

— Tu entres une minute ?

Mével suivit Raffini dans son bureau. Ouvrant la chemise abandonnée sur le sous-main, Raffini en sortit une photo.

— Tiens : notre disparue de la nuit dernière.

Mével, qui s'était saisi de la photo, s'immobilisa.

— Hé ! je la connais…

Surprise du commissaire :

— Comment ça ?

Mével visiblement s'interrogeait. Puis d'un coup le souvenir lui revint.

— Le Curé ! Il a la même photo ! La même fille !

Le « Curé », c'était le surnom dont était affublé l'un des collègues de Raffini, le commissaire Claude Grand-Cateau. Celui-ci avait eu beau expliquer que son patronyme venait de « grand coteau » et d'ancêtres exploitant des terres à flanc de colline, rien n'y avait fait. Restant défini comme le grand catholique de la maison, il s'était lui-même joué à enfoncer le clou, venant l'an dernier costumé en soutane au bal de la police !

Raffini observait dubitativement son ami.

— Ce n'est pas possible. Il l'a depuis quand cette photo ? Quand l'as-tu vue ?

— Avant-hier, je crois ?

— Allons, ce ne peut pas être la même personne…

Mével lui rendit le cliché. Raffini l'observa une dernière fois.

— Celle-ci, c'est cette nuit qu'elle a disparu…

Il décrocha son téléphone.

— Curé ? C'est Raffini. Tu as une minute ?

Grand-Cateau avait son bureau juste au-dessus de celui de Raffini. Toujours accompagné de Mével, il s'annonça d'un bref toc-toc. Le Curé se leva de son bureau. C'était un grand maigre mesurant son bon mètre quatre-vingt-dix. Ils se serrèrent la louche. Raffini lui tendit la photo.

Surprise du bonhomme qui plongea aussitôt dans un tiroir à la recherche de son cliché à lui. Ils les posèrent côte à côte. Étonnante ressemblance : même coiffure, mêmes yeux, ou plutôt, même maquillage... Mais les nez et les bouches différaient.

— Comment s'appelle-t-elle ? demanda Raffini.

— Danièle Defrance. Et la tienne ?

— Marion Laroche.

— Disparue quand ?

— Hier soir vers les 20 heures. Et la tienne ?

— Vendredi.

— Rien depuis ?

— Rien... On a fait les hôpitaux, on a signalé sa disparition. Pour l'instant aucun retour. Sa famille est anéantie...

— Une piste ?

— Non, ni piste ni surtout la moindre idée. C'est, semble-t-il, une fille sans histoires. Un soir elle a quitté son boulot, a fait la bise à une copine et hop ! s'est volatilisée.

— Elle habitait où ?

— Saint-Maur. Saint-Maur-des-Fossés, banlieue sud. Milieu modeste. Elle était stagiaire dans un salon de coiffure. Et la tienne ?

— Lycéenne, terminale. Famille aisée. Bonne

bourgeoisie. Pour le reste, comme toi : fille sans histoires…

— Peut-on considérer qu'être « sans histoires » est un point commun suffisant ?

— Il y a la ressemblance physique.

— Bien sûr.

On frappa à la porte. Un grand flandrin déposa un paquet de lettres sur l'extrémité du bureau. Ce faisant, il loucha sur le sous-main.

— Ah ! c'est marrant.

— Quoi ?

— Ben, vos photos... Sylvie Vartan a des problèmes ?

— Qui ça ?

— Sylvie Vartan, la chanteuse ! C'est pas elle ?

Le Curé lui lança un regard peu amène.

— Je ne connais pas votre Sylvie Machin. Ce sont des gamines qui ont disparu.

Raffini intervint soudain :

— Vous avez une photo de cette fille, cette chanteuse ?

En deux enjambées, le flandrin avait regagné la porte.

— Je reviens.

Il fut de retour quelques instants plus tard, déployant les pages d'un magazine illustré sous les regards incrédules de Grand-Cateau, Raffini et Mével…

— Page 46… Regardez : la voilà !

Le minois mi-tendre, mi-espiègle de la jeune Sylvie Vartan s'étalait sur une pleine page couleurs.

— Sylvie Vartan ?

— C'est ça !

C'était l'exact sosie des deux disparues !

4

Cet été-là, Jean-Louis était mort. Le gros Jean-Louis. Jean-Louis le Moche, le gros, le con, celui avec les cheveux gras, les poils de moustache et les boutons d'acné! Mes cheveux étaient propres, plus longs aussi. Contre les oreilles, les poils formaient le début de pattes, comme pour Johnny et Dick Rivers. Miraculeusement les boutons avaient presque disparu…

Cet été-là, maman m'avait inscrit dans un club de vacances de la JEC, le truc catho pour les jeunes. Plusieurs mecs de ma classe en faisaient partie. Ça se passait dans le Pays basque. Une énorme baraque à la campagne. J'avais pas dit non. On s'était retrouvés là-bas une grosse cinquantaine avec un curé et des monos. Beaucoup se connaissaient déjà, certains étaient des vieux potes. Des petits groupes, des bandes se formaient. Moi j'étais un peu à la traîne de Gégé et Castro, deux mecs de mon bahut qui jouaient un peu les chefs. D'autres tournaient autour : Paulo, Goriot, Vincent, Nanare… Ils formaient un petit club, une bande avec mézigue qui faisait mine d'en faire partie. Oh! ils ne me rejetaient pas. Enfin pas vraiment, mais j'étais plutôt à la remorque, dans la banlieue du groupe. On me demandait pas mon avis, on me bousculait, je devais sembler un peu transparent…

Dans la journée on faisait le maximum de matchs de foot et de hand. Le foot, ça m'allait bien. Le hand moins. De toute façon j'étais nulle part une star. Deux ou trois fois, on a fait des excursions. On a même été en Andorre. Gégé et Castro ont ramené des clopes et du gin. Moi je me suis offert un cran d'arrêt. Ouais, un vrai, avec le manche en nacre et un bouton sur lequel tu cliques pour faire sortir la lame, tchak ! J'en étais vachement jouasse de mon schlass ! Quand j'avais un coup de mou, je jouais avec, je faisais pointer la lame. Voir celle-ci se détendre brusquement, bondir en avant, ça me donnait comme une sorte de tonus. Je ne sais pas pourquoi, bizarre. En attendant, je l'avais toujours sur moi. Hors de question de le laisser ou de l'oublier quelque part. D'ailleurs même maintenant, c'est toujours pareil. Il est bien là dans ma fouille, contre ma cuisse !

En dehors des matchs, des jeux et des excursions, on avait quartier libre. Alors on se baladait dans le coin. Y avait pas loin une petite rivière sympa. On avait trouvé un coin où se baigner. Une petite plage de sable et de cailloux derrière un pont. L'eau était froide mais ça allait. Ensuite on s'allongeait pour se faire bronzer. Gégé avait un flacon d'huile solaire qu'on se passait. C'était hyper gras mais ça sentait vachement bon. On allait devenir bronzés, dorés comme les acteurs américains. Plus loin, y avait aussi un village. Rien de bien terrible. Juste une épicerie qui vendait des journaux et faisait bar.

De toute façon, nous, on nous aurait jamais servi. D'alcool, je veux dire. Mais on avait acheté des Coca-Cola et des cigarettes. Nanare, lui, avait piqué un truc cochon, Paris Flirt. *Avec des filles à poil. Incroyable !*

C'est là un jour qu'on est tombés sur Nadine et Marie-Jo. Deux filles qui étaient en vacances. Chacune chez une tante ou une grand-mère. Plutôt mignonnes. Surtout Nadine. Elles aussi elles venaient se baigner à la rivière. Elles connaissaient le coin sous le pont. Quand il n'y avait pas d'activités particulières au camp, on les y rejoignait. Enfin, quand je dis « on », c'étaient Gégé et les autres. Moi je suivais. On me tolérait. Les filles amenaient souvent des trucs à manger ou à boire. Des Coca-Cola ou des Vérigoud. Elles aussi elles piquaient un peu à l'épicerie. On se baignait, on faisait les cons dans la rivière. Gégé et Nanare nageaient sous l'eau et jouaient aux gros poissons qui viennent frôler les pattes. Les filles hurlaient et riaient. Après on se mettait sur les serviettes. Quelqu'un avait amené une radio. On écoutait Europe n° 1. C'était pas toujours du rock, mais quand même ils passaient des trucs sympas : du jazz, Ray Charles, Paul Anka ou Dalida…

Nanare et Vincent essayaient de se placer. Toujours à coller Nadine et à se bagarrer pour mettre leur serviette contre la sienne et glisser le bras contre son cou ou ses hanches. Mais elle ne marchait pas. Elle était à la fois avec tout le monde et avec personne. Avec moi elle était comme avec les autres. Elle me faisait la bise, pour rire, me chatouillait et m'embêtait. Putain, qu'est-ce qu'elle était mignonne !

C'était la plus chouette gonzesse que j'avais jamais vue ! De près, en tout cas…

Un jour y a eu un sale truc. De la bande, c'était Goriot le moins sympa. En tout cas le moins sympa avec moi. Toujours prêt à se foutre de ma gueule, comme quoi j'étais un loquedu, un gros con, qu'on tolérait tout juste, mais qui ne faisait pas partie de la bande. Et puis il sortait des grosses conneries. Des histoires un peu dégueulasses. Il m'aimait pas, mais moi non plus.

Ce jour-là, on venait de se baigner, on sortait de l'eau. Il s'est glissé derrière Nadine en faisant une espèce de signe bizarre. Il était plié de rire. J'ai pas compris. Les autres non plus, je crois. Il était tout juste derrière Nadine, et d'un coup, hop ! il lui a descendu son slip. Ça s'est fait si vite que personne n'a vraiment pigé. Elle a poussé un cri et moi qui étais juste à côté de ce sale con, je lui ai balancé mon poing dans la gueule. D'un seul coup, sans réfléchir. J'y avais été sérieux. Il s'est retrouvé dans le sable avec le pif qui s'est mis à saigner et il riait plus du tout.

Les autres non plus d'ailleurs. Personne ne riait. Il a commencé à se relever en me regardant avec les poings serrés. J'étais un peu gros mais lui, il était vachement grand. Je crois aussi qu'il faisait du judo. J'allais déguster.

Et puis y a Nanare qui a gueulé un truc du genre : « Ça suffit les conneries ! »

Gégé lui aussi a gueulé : « Tu l'as bien cherché, pauvre con ! Tu te crois malin ! »

« Putain, les mecs... », qu'il a fait, mais il a pas été plus loin. On était tous à lui faire face, alors il a fermé sa gueule, il a ramassé sa serviette et s'est tiré.

« Merci », m'a dit Nadine en me faisant une bise. Plus tard quand on est repartis et qu'on a monté le petit raidillon pour rejoindre la route, elle m'a pris la main. Comme ça, gentiment, juste le temps de grimper vers le pont. Je ne sais pas si les autres l'ont vu, mais ça, c'était sans importance. Moi j'étais aux anges. Jouasse comme c'est pas permis, jouasse comme je l'avais jamais été, et sans doute comme je le serais jamais plus.

Sur le retour je me suis demandé s'ils allaient reparler de l'histoire. J'aurais pas aimé. Surtout s'ils parlaient d'elle, de ce qu'ils avaient vu, sa chatte, ses poils. Ça n'aurait vraiment pas été sympa. Je ne sais pas ce que j'aurais dit. Rien sans doute ? Mais non, personne n'en a reparlé et c'était mieux.

Juste que Goriot, ensuite, on l'a moins vu. Je crois qu'il m'évitait. Et moi aussi...

Quelques jours après, Nadine a amené une guitare, et elle en jouait vachement bien ! Elle chantait par-dessus et c'était rudement bath !

Nous, on faisait les chœurs avec Marie-Jo. Elle

faisait des trucs des Chaussettes noires ou de Dalida. Je me souviens de Daniela *et de* Itsy Bitsy Petit Bikini.

Vincent aussi jouait un peu de guitare. Alors il a demandé à notre curé s'il pouvait lui emprunter la sienne et ils se sont mis à jouer à deux. C'était sympa. Moi j'aimais bien battre le rythme, en tapant sur une boîte à gâteaux ou n'importe quoi. Nadine m'a dit : « Vas-y, continue, c'est bon. »

Alors à chaque fois qu'ils prenaient leurs guitares, moi je repérais un machin sur lequel taper pour les accompagner.

Un soir, le curé et les monos ont décidé de faire une fête au centre de vacances. Ils ont accepté que les filles y participent, et Nadine et Vincent ont chanté, du coup, moi et ma boîte de biscuits, on s'est retrouvés avec eux sur la petite scène installée pour l'occasion. On a joué Be Bop a Lula *et* What I Say. *Nadine chantait vraiment bien. Tous ont vachement applaudi. Même le curé. En plus ce soir-là, elle avait mis une petite robe toute courte, au ras des genoux, et si les mecs écoutaient sa voix, sûr qu'ils mataient aussi ses jambes !*

Ça, c'était quelques jours avant le départ. La soirée c'était pour ça : fêter la fin du séjour. Alors les derniers jours on jouait ensemble de plus en plus souvent comme pour rattraper le temps perdu. Et c'est comme ça que l'idée est venue : de se revoir, de continuer à jouer ensemble. Tous les trois, on habitait pas trop loin les uns des autres. Moi à Clichy,

Nadine dans le XVIIe et Vincent à Asnières…

On s'est dit qu'on s'appellerait à la rentrée et qu'on se retrouverait pour faire du rock. Vincent avait une guitare à lui, une guitare sèche, mais il pensait acheter un micro pour monter dessus. Moi j'ai commencé à rêver d'avoir une vraie batterie, enfin au moins une caisse claire et une pédale charleston comme en avaient la plupart des groupes. Bien sûr il allait falloir trouver de l'argent…

Incroyable, mais Roland m'a prêté du pognon. De quoi acheter une caisse et une pédale. Il devait avoir un truc à se faire pardonner !

Je lui ai dit que je trouverais un petit job l'été prochain pour le rembourser. Nadine et Vincent m'ont accompagné chez Paul Beuscher, boulevard Beaumarchais. J'avais vu une réclame pour la boutique, ça semblait plutôt chouette. Ils avaient des tonnes de guitares, des Ohio comme celles des Chaussettes noires et des Pirates, mais aussi des modèles américains qui valaient des prix de dingue. Nadine et Vincent bavaient devant, mais même les Françaises étaient chères. Moi j'ai trouvé une charleston et une caisse claire. J'y ai mis tout le pognon emprunté…

Et puis on a commencé à rejouer ensemble. Des répètes, comme on disait. Au départ c'était chez Marie-Jo à Pont-Cardinet, et elle, elle faisait la choriste. Mais elle a vite abandonné. Alors on a joué chez moi dans la cave. Évidemment, maman gueulait qu'on faisait du bruit, qu'on emmerdait les voisins et qu'elle voulait pas d'histoires, mais Roland lui, trouvait ça rigolo. Il est même venu deux ou trois fois nous voir à la cave. Encore que ça devait surtout être pour reluquer les jambes de Nadine. Entre-temps son père à elle lui avait acheté une Höfner demi-caisse avec un micro et un vibrato. C'était une guitare d'occase, mais elle en jetait bien. Vincent, lui, lorgnait sur une Eko ultra plate et il mettait des sous de côté.

Notre répertoire s'était bien développé. Tous les trucs sympas qu'on entendait sur les disques ou à la radio, on essayait de les jouer. Des fois on y arrivait pas, c'était trop compliqué, alors on passait à autre chose. Nadine avait découvert une chanteuse avec une voix extraordinaire. Une Américaine. Brenda Lee. Presque une gamine mais avec une de ces putains de voix ! Alors Nadine s'y est mise pour rugir comme l'autre. On a fait Dynamite *et* Sweet Nothin's. *Ça marchait bien…*

Un soir Vincent nous a dit : « J'ai une grande nouvelle. Venez demain à 6 heures au Maryland, faut que je vous présente quelqu'un. » Le Maryland, c'est le rade où après les répètes on va se boire un coup et faire un ou deux flippers.

On s'est bien demandé qui il voulait nous présenter, mais comme il voulait rien dire, Nadine et moi on s'est pointés comme ça pour voir.

Vincent était déjà là et il faisait un flip avec un type.

– C'est David, qu'il nous a fait en se tournant vers le mec, David, mais on dit Dave.

– Salut! a fait le mec.

Il était un peu plus vieux que nous, dix-huit ou dix-neuf peut-être. Mais il avait une bonne gueule avec les tifs qui rebiquaient sur le col et des pattes beaucoup plus fournies que les miennes.

– Dave est bassiste, a fait Vincent. Il a une guitare basse et un ampli spécial.

– Höfner, a ajouté le mec.

– Comme moi. Ma guitare c'est une Höfner, a commenté Nadine.

– Je lui ai dit qu'on jouait du rock. Du rock'n'roll. Qu'on répétait toutes les semaines mais qu'on n'avait pas de bassiste.

– Faut voir, a fait le Dave en se retournant vers le Liberty Bell pour reprendre sa partie. Xcusez, y a encore une boule.

On a convenu d'un soir et on s'est retrouvés dans ma cave. À quatre cette fois. Dave était avec un copain qui avait trimbalé son matos dans sa 4 CV. Lui, il conduisait pas. On s'est installés comme on a pu. L'endroit n'est pas grand. On s'est branchés. Lui sur son gros ampli basse, Vincent sur le vieux truc qu'on avait récupéré et Nadine sur un mini ampli à lampes bricolé par son frère.

Puis on s'est mis à jouer. On a commencé par le Dynamite *de Brenda Lee. Mais on n'a pas joué longtemps. Au bout de trois chansons, y a la concierge qui s'est pointée furieuse pour nous dire d'arrêter tout de suite. Derrière elle, maman est arrivée puis Charles le père de Jojo, notre voisin de palier. Tous furax. La concierge parlait d'appeler les flics. On a compris. On a éteint. On s'est barrés. Furax nous aussi.*

Mais la soirée avait quand même été sacrément utile. En sortant de là et en allant vers notre rade, Dave nous a fait :

– OK, les gars. C'est bon pour moi. Y a encore du boulot à faire mais ça roule.

– Waaah ! qu'on a fait.

Il a précisé :

– Les guitares et la batterie, y a encore du taf, mais toi (qu'il a dit en se tournant vers Nadine) t'as une chouette voix. Ça devrait se faire !

On a fêté le coup au Maryland à la Kronenbourg.

– Y a quand même un truc, a dit Dave, faudra se trouver un local pour jouer. Un autre…

– Ouais. On va chercher…

– Et puis autre chose : si on fait un groupe, faut se trouver un nom…

On s'est tous mis à gamberger. Des trucs bizarres, délirants, un peu cons : Les Clowns, Les Azimuths, Les Cow-Boys, Les Cascadeurs, Les Barons… Et puis Nadine a dit :

– Les Sioux.

– Comme les Indiens ?

– Ouais. Ça sonne plutôt bien, non ?

– Pas mal, a fait Dave, et toi comment on t'appellerait ? Faut un nom américain. Automatiquement…

– Marilyn ? Gloria ? Rita ? Baby Jean ? Betty ?

– Répète le dernier ?

– Betty ?

– Pas mal, Betty. Betty et les Sioux, ça a de la gueule, non ?

Du coup il a fallu penser à nos noms à nous. Dave, c'était tout vu. Vincent est devenu Vince et moi, le Jean de Jean-Louis s'est transformé en John.

Voilà comment Jean-Louis, le gros Jean-Louis, le con de Jean-Louis est mort, et comment John est né…

5

Dans le bureau de Grand-Cateau, les quatre hommes étaient penchés sur le magazine : Mével, les deux commissaires et Leroy, le grand flandrin, inspecteur stagiaire, qui avait apporté la revue…

Outre deux grandes photos couleurs, l'article offrait à ses lecteurs un florilège d'informations les plus variées sur la jeune chanteuse : née en 1944 en Bulgarie et quittant Sofia pour Paris à l'âge de huit ans. Puis élève au lycée Hélène-Boucher jusqu'à la terminale. Elle ne passe pas son bac parce que son frère Eddie qui travaille dans l'industrie musicale lui fait rencontrer l'animateur et producteur Daniel Filipacchi, lequel œuvre pour la maison de disques Decca. Pour donner la réplique au chanteur Frankie Jordan (dentiste de son état), il cherche une voix féminine, juvénile et mutine. Sylvie est auditionnée, enregistrée et le disque marche bien. Feu vert pour la jeune fille qui, dans les mois qui suivent, démarre une fructueuse carrière musicale. Suit la liste de ses succès du moment, et les dates d'une grande tournée qu'elle démarre à travers toute la France.

On apprend encore qu'elle adore la cuisine orientale et que le *Germinal* de Zola est son roman préféré.

— Cette tournée dont ils parlent, cela veut dire qu'en ce moment elle n'est pas à Paris ? interrogea Raffini.

— Pourquoi ? Vous vouliez l'interviewer ? ironisa le jeune Leroy.

— Tout à fait. Pas sur son répertoire mais sur ses sosies.

— Vous croyez qu'elle les connaissait ? Allons, elle n'y est pour rien ! C'est juste que toutes les filles essayent de l'imiter. C'est la mode, c'est comme ça. Avant c'était Bardot, aujourd'hui…

— … c'est Sylvie. Oui, j'avais bien compris ! Et vous avez sans doute raison. Mais il faut d'abord s'en assurer…

— S'assurer de quoi ?

— Eh bien, que ces deux filles avaient fait librement ce choix de la ressemblance avec la chanteuse, et non pas sur la demande de telle ou telle personne.

— Quelles personnes auraient été leur demander ça ?

— Est-ce que je le sais ? Des gens autour d'elles : le producteur dont parle l'article, l'organisateur des tournées, son chef d'orchestre, son frère musicien…

— Et pourquoi auraient-ils fait ça : demander à ces filles de ressembler à leur vedette ?

L'entêtement du jeune Leroy à contredire Raffini eut raison de la patience de Grand-Cateau.

— Apprenez, mon jeune ami, que l'usage des sosies est répandu plus qu'on croit. Chez les vedettes, comme chez les politiques. Et même chez les militaires. Ce n'est pas le maréchal Montgomery qui débarqua à Gibraltar avec ses troupes en 1944, mais l'acteur Clifton James. Dans les films de propagande russe des années 50, ce n'est pas Staline que l'on voit, mais Gelovani, un comédien géorgien. Et le cadavre d'un certain Gustav Weler, sosie de Hitler, trompa les Russes en 45 lors de leur entrée dans Berlin. Vous voyez que des sosies peuvent servir…

Mais Leroy n'était pas pleinement convaincu.

— D'accord pour les gens que vous citez. C'étaient des gens vachement importants. Par rapport à la guerre, tout ça… Mais ici ? Pourquoi Sylvie Vartan aurait-elle besoin de sosies ?

— Pour ne pas être harcelée par les journalistes et les admirateurs. Pour qu'on lui fiche la paix. Des sortes de doublures si vous préférez…

— Mouiii…

Leroy semblait bien dubitatif. Grand-Cateau décrocha son téléphone.

— Oui, c'est moi. Dites, vous pourriez aller nous chercher des cafés ? Je suis avec Raffini et Mével. Non : quatre. Il y a aussi…

Il mit sa main sur le combiné et s'adressant au flandrin :

— Vous vous appelez ?

— Leroy. Martin Leroy.

— Quatre cafés donc. Et quelques croissants aussi tant que vous y êtes !

*

Raffini avait repris le magazine et s'abîmait dans sa lecture. *Salut les copains* – c'était son titre – était entièrement dévolu à de jeunes chanteurs et chanteuses dont il n'avait jamais entendu ni la voix ni même le patronyme…

— Hormis peut-être Johnny ? interrogea le stagiaire.

— Mouais, dut en convenir Raffini. Johnny Hallyday, j'ai dû l'entendre. Maintenant, ils nous cassent les oreilles dans les cafés avec leurs machines à musique…

Le planton sollicité par le Curé surgit, portant quatre « petits noirs » et autant de croissants beurre.

— Posez ça là.

Mével aida Grand-Cateau à faire de la place sur son bureau. Le commissaire reprit place dans son fauteuil.

— Et maintenant ? Plan de bataille ?

Raffini s'était saisi d'une tasse et dégustait lentement.

— Qu'il y ait non plus une fille mais deux change évidemment la donne…

— À moins d'un simple hasard ?

— Possible. Mais dans l'immédiat, laissons celui-ci de côté.

— Je propose, continua Raffini, que l'on commence par aller voir du côté de cette chanteuse. L'idée du sosie – pardon, des sosies – commandité par ses proches ou ses employeurs semble en effet un peu tirée par les cheveux. Mais il faut quand même s'en assurer.

Le Curé mordit son croissant avec un bonheur manifeste, puis se tournant vers Martin :

— Je propose que pour ça nous déléguions notre jeune confrère. Ce genre d'univers musical, c'est pour vous, non ?

L'inspecteur stagiaire tombait des nues.

— Moi ? Mais pourquoi ?

Raffini piocha à son tour un croissant dans la corbeille.

— Pardi, parce que c'est votre génération. Tous ces Johnny, Sylvie et compagnie, vous les connaissez, nous pas. On gagnera du temps. Vous poserez d'emblée les bonnes questions.

— Les bonnes questions ? Mais à qui ?

— Pardi, à elle, si vous pouvez la voir, sinon aux autres, son entourage, les gens dont on parle dans l'article : Filipacchi, c'est ça ? Et son frère et tous ceux avec qui elle travaille. Vous pouvez peut-être aussi revoir ses parents…

Le jeune Leroy fixait ses aînés, éberlué.

— Et vous croyez comme ça qu'il va suffire que j'arrive et qu'aussitôt… Ce sont des gens importants, vous savez…

Grand-Cateau l'interrompit avec un de ces vastes sourires bienveillants qu'il offrait généreusement à ses subordonnés :

— Mais vous aussi vous êtes important, mon petit

Leroy. Vous représentez la police nationale, la force publique. Nous émanons tous directement du ministère de l'Intérieur, du ministre et donc du chef de l'État. Vous incarnez la République, mon ami ! L'auriez-vous oublié ? Alors il est sûr que ces gens-là se feront un plaisir de vous ouvrir leurs carnets de rendez-vous et de vous recevoir.

Chargé de cette périlleuse mission, l'inspecteur stagiaire Martin Leroy quitta ses collègues et chefs, ne sachant toujours pas encore s'il devait s'en plaindre ou s'en réjouir.

— Et maintenant ? interrogea le Curé, on reprend l'enquête comment ?

— De mon côté, elle était tout juste commencée, fit remarquer Raffini. Nous n'avons encore rencontré que la mère de la gamine et la responsable du cours de danse, le dernier endroit où elle a été vue. Morlaine, en ce moment, doit rendre visite à l'amie avec laquelle elle se trouvait à ce cours et qui a, semble-t-il, été la dernière à la voir avant sa disparition. Il doit ensuite se rendre à son lycée…

Mével se leva de son siège, reposant sur le bureau le magazine que Martin avait abandonné.

— Je vous laisse. Le boulot m'attend aussi. Bon courage.

Raffini, debout près de la fenêtre, observait les passants sur le quai en contrebas. La journée était grise. Il crachinait et les premiers parapluies ouvraient leurs tristes corolles.

— Ton Leroy s'occupe de l'entourage de la vedette, Morlaine continue sur Laroche. On peut peut-être reprendre ensemble ton dossier sur… comment elle s'appelle, déjà ?

— Defrance. Danièle Defrance.

En soupirant, le commissaire ouvrit l'un de ses tiroirs pour en extraire une lourde chemise.

— Tout a bien sûr été longuement épluché…

Il tendit le dossier à Raffini.

— Je m'en doute…

— Prends-le et regarde tranquillement. Au cas où…

Raffini posa le dossier contre sa chaise.

— Tu sais, il y a une chose qu'on pourrait faire…

— Oui ?

— Retourner voir les deux filles. Leurs familles, je veux dire. On poserait maintenant des questions peut-être un peu différentes…

— Sans doute… De toute façon, actuellement, je ne vois plus trop de quel côté aller. La diffusion du portrait n'a rien donné et…

— Okay.

Il se releva brusquement et attrapa son veston, prenant Raffini de court.

— Allons-y !

— Maintenant ?

— Pourquoi pas ?

— Sans prévenir. Tu pourrais téléphoner ?

— Ils n'ont pas le téléphone.

À court d'arguments, Raffini se vit courir derrière son collègue qui, du fait de sa grande stature, dévalait les marches deux par deux.

Sans se concerter, ils se dirigèrent vers la Citroën du Curé. Celui-ci s'installa au volant.

— Où déjà ? interrogea Raffini.

— Saint-Maur. On va prendre par les Maréchaux…

6

Comme ils pénétraient dans le centre de Saint-Maur, Grand-Cateau désigna du menton un magasin sur sa droite. Un salon de coiffure.

— C'est là qu'elle travaillait.

Un magasin moderne, aux vitrines courbes, toutes de verre et de chrome, laissant entrevoir l'alignement d'une demi-douzaine de patientes coiffées d'énormes casques métalliques façon cosmonautes ou martiens en visite !

— Si on commençait par là ? suggéra Raffini.

— Pas de problème.

Le Curé laissa la « 15 » se glisser le long du trottoir juste devant la boutique. « Sophia, coiffure pour dames », indiquait un joli néon rose qui étirait ses lettres « chewing-gum » au-dessus de la vitrine.

Au son d'un discret mais joyeux carillon, les deux hommes pénétrèrent dans le magasin. La patronne, sans doute la Sophia de l'enseigne, se précipita à leur rencontre. Elle avait reconnu Grand-Cateau déjà venu l'interroger quelques jours auparavant. Coupant court aux inévitables commentaires et commérages des patientes comme de ses jeunes employées, elle les entraîna aussitôt dans l'arrière-boutique.

— Alors, attaqua-t-elle, des nouvelles de cette

pauvre Danièle ?

— Hélas !...

Elle débarrassa rapidement deux chaises d'un fatras de vêtements et d'emballages.

— Vous voulez vous asseoir ?

— Merci. Nous ne resterons pas longtemps. Juste le temps de vous poser deux ou trois questions.

— Encore ? Mais je vous ai tout dit...

— À moi peut-être, mais pas à mon collègue, le commissaire Raffini.

Celui-ci salua d'un bref mouvement de tête, puis fouillant la poche intérieure de sa gabardine, en sortit une photo.

— Connaissez-vous cette personne ?

C'était un duplicata de la photo de Marion.

Madame Sophia l'étudia attentivement.

— Non. On peut demander aux filles, mais je ne crois pas...

— Elle était coiffée comme l'était Danièle, votre coiffeuse...

Madame Sophia haussa les épaules.

— En ce moment, elles doivent être quelques dizaines ou centaines de milliers à être coiffées comme ça. Elles veulent toutes être comme Sylvie Vartan, la chanteuse. C'est une de leurs idoles...

Elle se saisit d'un classeur relégué sous un amas de cartons et entreprit d'en tourner les pages. Sous les feuilles plastifiées surgit une collection de jeunes minois découpés dans les magazines.

— Avant c'était Bardot le modèle le plus demandé. Il y avait aussi les Italiennes comme Lollobrigida.

Sophia Loren, c'est pour une clientèle un peu plus âgée. Elle, c'est Jean Seberg, vous la connaissez ? C'est un peu le modèle pour celles qui veulent les cheveux très courts. À la garçonne…

Mlle Vartan avait quant à elle l'honneur de quatre portraits couleurs dont deux provenaient du magazine que leur avait apporté Leroy.

— Actuellement, c'est elle la plus demandée. Enfin de celles qui se réfèrent à un modèle précis. La plupart ne donnent que des indications générales et nous font confiance…

— Tous les salons de coiffure ont-ils des livres comme le vôtre ? s'enquit Grand-Cateau qui feuilletait le classeur.

— C'est bien possible, oui. Dans les vitrines et à l'intérieur des salons, on met les photos standards que nous offrent nos fournisseurs, mais celles-là sont différentes : c'est des photos de filles connues qui ont leurs photographes, leurs agents… Il y a des droits dessus. Alors quand une cliente nous parle d'une vedette, d'une chanteuse ou d'une actrice, on lui montre notre livre maison…

Les casques de séchage diffusaient des effluves de shampoings « Régé Color » et de cheveux chauds que Raffini ne goûtait que fort médiocrement. Il fit en sorte de raccourcir leur visite.

— Je sais que vous en avez déjà parlé avec mon collègue, mais vous n'aviez rien remarqué de particulier chez votre employée ces derniers temps ? Pas de signe d'inquiétude, de stress ?

— Rien. Elle était exactement comme d'habitude…

— Une employée sérieuse ?

— Ça, pas trop. Tête en l'air et systématiquement en retard. J'avais dû plus d'une fois lui faire des remontrances. Mais c'était une gentille gamine dans le fond. Juste un peu fofolle comme le sont beaucoup à cet âge…

Grand-Cateau intervint :

— La fille que j'avais vue l'autre fois, celle avec qui elle s'entendait bien, elle n'est pas là aujourd'hui ?

— Carole ? Si, si. Je vais vous la chercher…

Carole, sur le trottoir face au magasin, agrémentait sa pause d'une Pall Mall mentholée qu'elle inhalait amoureusement. Le surgissement des deux policiers ne l'enthousiasma visiblement pas.

— Oui, oui, je vous remets, répondit-elle à Grand-Cateau. Vous m'avez posé des questions sur Danièle. Vous l'avez retrouvée ?

— Hé non ! dut-il convenir. Et vous de votre côté, n'a-t-elle pas cherché à vous joindre, vous donner signe de vie, essayé de se manifester ?

— Ben non. Mais pourquoi elle l'aurait fait ?

— Parce que vous étiez amies ?

— Amies, amies… faut pas exagérer. On travaillait ensemble, alors forcément… Oui, on était copines, on peut le dire comme ça. Encore que ces derniers temps…

— Encore que ces derniers temps… ? reprit Raffini.

— Oh ! rien de spécial. Si ce n'est qu'on se voyait

plus trop. Je fréquentais un garçon et il l'aimait pas. Il la trouvait nunuche, et puis de toute façon dans ces moments-là, on est mieux à deux, hein ?

— Je vois, conclut Grand-Cateau qui voyait de plus en plus clairement qu'il n'y aurait cette fois encore pas grand-chose à tirer de l'apprentie coiffeuse…

— Et rien ne vous est revenu concernant ce soir-là, quand elle vous a dit au revoir, quand elle est partie ?… Personne ne l'attendait ? Pas de rendez-vous ? compléta Raffini.

— Non. Je ne crois pas…

— Pas de petit ami ? insista le commissaire.

— Pas que je sache.

— Elle vous en aurait parlé ?

— Pas sûr. Et même sûr que non. Autrefois quand on sortait ensemble, oui sans doute. Mais ces derniers temps…

— Quand vous sortiez ensemble, ça veut dire quoi ?

La fille jeta son mégot dans le caniveau. Le filtre blanc tendrement maculé d'une virgule de rouge à lèvres s'en fut dériver sur le mince ruisseau.

— Le samedi, souvent on se retrouvait. On allait se balader. Des fois on se faisait un ciné ou on était invitées à un anniversaire, une surboum, un truc comme ça…

Les deux policiers reprirent place dans la Traction.

— Direction la famille ?

— Eh oui !

— Alors, allons-y.

La grosse berline quitta le trottoir pour reprendre sa place dans le flot de circulation.

— C'est plus bas, à la sortie. En allant vers Sucy. On n'a pas appris grand-chose, hein ? Je te l'avais dit : mêmes questions mêmes réponses. Et puis qu'est-ce que ta Marion serait venue faire ici en traversant tout Paris ? En plus c'est une fille de bourge, alors que celle-ci, ma Danièle, c'est pas le genre fortuné… Si leur seul point commun était d'être coiffées comme cette chanteuse…

Raffini ouvrait délicatement son paquet de Gitanes.

— Ce n'est pas leur seul point commun.

Le Curé lui lança un regard interrogatif.

— Pardi ! Elles ont toutes les deux disparu !

7

Grand-Cateau avait fait un petit topo rapide à Raffini sur Danièle : parents morts cinq ans auparavant dans un accident de la route. Élevée par la grand-mère. Fille unique. Études : certif puis CAP. Caractère plutôt renfermé. Premier emploi chez Sophia. Disparue le vendredi 7, après son travail au salon. Censée rentrer à la maison, chez la grand-mère vers 18 heures, 18 h 30. Et rien. Perdue en chemin. Disparue, volatilisée. Aucun témoin. Enquête sur le terrain, commerçants, voisins, résultat zéro…

La rue des Grenouillères était bordée de petites villas d'avant-guerre, de simples rez-de-chaussée avec un étage mansardé et, sur le devant, un jardinet fermé d'une grille ou d'une petite haie de troènes…

La rue se terminait sur des terrains maraîchers et des friches. Plus loin, la campagne.

Le 21 n'avait pas de sonnette, mais un énorme chien, de race indéterminée, en faisait très largement office, via des gueulements aussi larges que ses mâchoires.

— Gaffe au chien ! indiqua le Curé qui avait déjà fait sa connaissance la semaine précédente.

— Il mord ? s'inquiéta Raffini.

— Non. Il bave !

Le commissaire n'eut pas le temps d'obtenir

d'autres précisions de son collègue : une femme d'une soixantaine d'années avait ouvert la porte de la maison.

— Commissaire Grand-Cateau, et mon collègue Raffini, fit le Curé, brandissant sa carte estampillée tricolore. Je suis déjà venu il y a quelques jours voir Mme Defrance. On peut entrer ?

La femme s'éclipsa un instant puis ressortit munie d'un trousseau de clés. Le molosse sur ses talons, elle traversa la brève allée cimentée pour déverrouiller la grille.

— Entrez.

Le chien, qui s'était brusquement tu, humait les bas de pantalons des visiteurs.

— Ne vous inquiétez pas, Rex est gentil. Il ne ferait pas de mal à une mouche. C'est juste quand il aboie que…

Les deux hommes furent introduits dans un minuscule vestibule puis une pièce faisant office de salon-salle à manger. Une pièce habillée de papiers peints et au sol d'un lino, verts tous les deux, qui lui donnait des allures de petit aquarium. Mais le seul poisson en était une vieille femme, immobile et muette, droite sur une chaise, l'œil fixé aux motifs floraux de la toile cirée de la table devant elle. Sur celle-ci, un poste transistor éteint, un journal et une paire de lunettes aux branches repliées. Elle leva un bref regard vers les policiers puis ses yeux repartirent dans la contemplation hypnotique de la nappe.

— Excusez-nous de vous déranger, madame Defrance. Vous me reconnaissez ? Je suis venu vous voir la semaine dernière avec mon équipe. Je suis avec un collègue, le commissaire Raffini. De la PJ, lui aussi. Comme vous voyez, on ne vous a pas oubliée, on travaille, on ne lâche rien !

— La radio n'en parle plus, plus du tout. Les journaux non plus…

Bien sûr, pensa Raffini, s'ils n'ont rien de nouveau, que pourraient-ils inventer ? L'information se nourrit de chair fraîche, de scandales et de drames encore bien juteux, saignants ! Une disparition d'il y a huit jours, tu parles ! Ils ne se rappelleront la gamine que le jour où on l'aura retrouvée, surtout si elle a auparavant fait les délices d'un Barbe Bleue ou d'un Jack l'Éventreur !

Elle releva la tête vers les policiers puis se tournant vers l'autre femme :

— Denise est ma fille aînée. La tante de Danièle…

Entre les deux femmes, la ressemblance était en effet manifeste. Mais bien sûr la mère accusait quelques décennies de plus et son visage tiré aux yeux rougis trahissait l'horreur de son terrible quotidien.

Elle s'adressa à sa fille :

— Tu veux bien mettre de l'eau à chauffer… On va faire du café.

Raffini esquissa un geste de dénégation, mais la femme l'ignora et se tourna vers son collègue :

— Où croyez-vous qu'elle soit, commissaire ? Vous pensez qu'on l'a enlevée ? Mais pourquoi ? Si c'est pour une rançon, nous n'avons pas d'argent. Vous voyez bien, nous sommes des gens simples.

Alors pourquoi ?

Raffini intervint :

— Nous avons peut-être une piste, madame… Enfin ce qui pourrait peut-être être une piste…

À nouveau il sortit la photo de Marion. Mais la réponse fut la même que celle de la coiffeuse. La ressemblance que voyait Raffini via la proximité de leurs coiffures n'apparaissait nullement aux yeux de la grand-mère.

— Non. Jamais vue. C'est une petite d'ici ?

— Pas tout à fait. Elle habitait Paris. Vous connaissez les amies de Danièle ?

— Danièle n'avait pas vraiment d'amies. C'était quelqu'un de plutôt solitaire. Un peu renfermée… Depuis la mort de ses parents…

La phrase resta en suspens… Puis la vieille femme se reprit et, désignant le cliché que Raffini rangeait dans son trench-coat :

— Qui est-ce ?

— Une autre jeune fille disparue.

— En même temps ?

— Quatre jours plus tard. Nous nous interrogeons pour savoir s'il pourrait y avoir un lien entre ces disparitions…

Grand-Cateau jeta un coup d'œil à son collègue.

— On ne va peut-être pas vous importuner davantage…

Mais Raffini avait une autre idée en tête.

— On pourrait voir sa chambre ? J'imagine que vous l'avez déjà fait visiter mais…

Il perçut comme une légère gêne entre les deux femmes.

— C'est que…

La tante intervint :

— Je n'ai pas voulu laisser maman seule depuis la disparition de Danièle. Je suis venue m'installer ici. C'est moi qui occupe sa chambre et j'ai mes affaires qui…

— Bien, bien, concilia Raffini. On ne va pas vous embêter. C'est vrai qu'elle a déjà dû être bien fouillée…

— Attendez ! fit soudain la grand-mère, il y a quand même quelque chose. Quelque chose de nouveau. Je l'ai trouvé hier, derrière, dans l'appentis du jardin. Danièle parfois y cachait des choses. J'avais dit à Denise justement de vous appeler…

De derrière le coussin faisant dossier, elle sortit un petit carnet noir recouvert de feutrine.

— Tenez.

De son pouce, Grand-Cateau en fit glisser les pages. Des stylos billes de différentes couleurs en avaient rempli les pages d'une petite écriture enfantine.

— Qu'est-ce que c'est ? Un journal ?

— Son journal, oui.

— Mais que faisait-il dans cet appentis ?

— Je vous l'ai dit. Danièle était une fille secrète. Un peu cachottière aussi…

Denise, la tante, intervint :

— Elle n'avait pas envie que maman lise ses petits secrets. Maman aime bien fouiller.

La grand-mère redressa la tête, ulcérée :

— Denise ! Comment peux-tu te permettre ?

Le molosse avait visiblement pris la cuisse de Raffini en affection et bavait de façon amicale et copieuse sur le tweed du pantalon. Se lever fut pour ce dernier une délivrance.

— Mesdames, on va devoir vous laisser. Merci d'avoir bien voulu nous répondre et surtout de nous avoir confié ceci.

Grand-Cateau leva le carnet.

— Au fait, vous-même y avez-vous appris certaines choses ? Certaines choses concernant votre petite-fille et que vous ignoriez ?

— Rien, commissaire. Elle remplit des pages et des pages, mais au final elle ne raconte rien. Elle n'avait rien à dire…

Entre Daumesnil et Reuilly, ça bouchonnait. Le Curé râlait en tentant de glisser sa « 15 » dans le flot des quidams assoupis.

— Remuez-vous un peu, bordel ! Comme si on avait que ça à faire ! Finie la ronflette, les pépères !

— Bah ! on n'est pas si pressés que ça !

Le calme de Raffini tempéra l'exaspération du collègue.

— Oui, tu as raison. C'est juste que j'aurais eu mieux fait de prendre à nouveau les Maréchaux… Au fait, qu'en as-tu pensé ?

Raffini feuilletait le journal intime de Danièle.

— De qui ? La grand-mère ? … Une femme bien à plaindre, oui…

La camionnette Goulet-Turpin, juste devant, fit une brusque embardée puis cala. La Traction manqua de peu de la percuter. Pourtant le Curé maîtrisa ses nerfs. Il reprit :

— Oui, bien à plaindre. En plus je ne sais pas si je t'ai dit, mais son mari est mort l'an dernier. Eh oui, crise cardiaque ! Pan ! D'un coup elle se retrouve sans sa fille cadette, sans son gendre, sans son mari, juste avec son unique petite-fille et celle-ci disparaît ! Si c'est pas du vrai mélo…

Raffini ne répondit pas. Il était plongé dans la lecture du fameux journal.

— Eh bien, tu trouves quelque chose ?

— Je crois, oui…

— Quel genre ?

— Le premier, samedi premier, six jours avant sa disparition, elle note : « R. V. au Golf ».

Grand-Cateau fronça le sourcil :

— Un golf ? Comme la tienne ?

— Oui. Comme la mienne. La mienne n'avait rien noté, mais elle avait un ticket de consommation.

— Il y a des golfs dans le coin ?

— Aucune idée ! À Paris, ça m'étonnerait ! Et puis c'est pas le genre de truc que font des filles de cet âge-là !

— Non. En attendant, nous avons maintenant un second lien entre les filles outre leurs disparitions : la coiffure et le golf !

8

Bien sûr que j'aurais aimé que Nadine soit ma gonzesse, ma môme. Mais c'était du rêve. Pourquoi pas ma fiancée, ma femme ? Faut pas trop charrier quand même. C'était ma fée, ouais ! C'était déjà pas mal. Et même plus d'une certaine façon ! Elle avait tué Jean-Louis, elle l'avait fait disparaître, et elle avait inventé John. Moi. Elle m'avait baptisé comme ça, elle m'avait collé derrière une batterie, elle m'avait pris la main, m'avait fait la bise, donné des coups de poing et des claques sur la tête quand je perdais une baguette. Elle, elle disait qu'elle était ma frangine, ma potesse ! Une fois ou deux, je dis pas que j'avais pas essayé d'en avoir un rien de plus. Du genre baiser maladroit qui dérape un peu. Ça l'avait amusée. Elle avait ri. Mais gentiment.

Et puis c'est vrai que je savais qu'elle valait mieux, qu'elle avait droit à mieux que moi. D'accord que John maintenant était pas si mal, mais elle, quand tu la regardais, un bon jour, bien coiffée, maquillée, attifée comme avant de monter sur scène, eh bien tu te disais que tu l'aurais bien vue dans Salut les copains *ou* Cinémonde*! Sans problème. Elle valait toutes les autres que tu pouvais voir à ce moment-là. Peut-être pas Sylvie, mais toutes les autres, sûr ! Alors le jour où elle se trouverait un mec, ce serait sûrement pas n'importe qui : un mec* *canon, une star. Obligé. En attendant, j'y tenais pas tant que ça à ce que ça arrive, la rencontre avec le type de ses rêves. Les autres mecs du groupe pensaient comme moi. Même si c'était la copine d'aucun, c'était la copine de tous. Notre Nadine à nous. Enfin, notre Betty !*

Un jour on avait joué dans un truc à Aubervilliers, un grand rade plutôt mochasse où le samedi deux ou trois groupes venaient meubler. Après notre prestation on va pour se changer dans l'espèce de cave qui servait de loge. On était juste Betty et moi. Il me faut plus de temps que les autres pour ranger mon fourbi, et elle, elle avait été causer avec le taulier rapport aux 500 balles que ce connard refusait de nous filer. Donc nous voilà dans le couloir menant à notre soi-disante loge. Un truc mal éclairé, tout en longueur avec au-dessus des gros tuyaux et des trucs électriques. On marchait là, tranquilles, pour rejoindre les autres, et d'un coup, v'là deux types qui sortent de je ne sais où et qui chopent Nadine. J'ai vaguement reconnu deux des mecs des Hussards, le groupe qui avait joué avant nous. Deux types plus vieux et genre baraqués. Betty a poussé un cri. Moi, ça n'a fait ni une ni deux, j'ai lâché mon matos, ma main a plongé dans ma fouille et mon cran a fait clic en pointant sa gueule d'acier. J'ai pas dit grand-chose. Et eux non plus, en fait. Ils m'ont vu comme ça, avec les pattes écartées et la lame en avant. Je devais en plus tirer une méchante gueule. On me croit ou non, mais les mecs l'ont lâchée. Ils ont dû sortir une connerie du genre :

– Eh, c'est une blague, c'était pour rire !

Je t'en foutrais de ce genre de blague ! En attendant, y se sont débinés, et rapidos. Voilà !

Ce jour-là encore j'ai eu droit à une bise.

– Mon héros ! qu'elle m'a fait.

Mais rétrospectivement, c'est vrai que ce coup-là je crois que la bise, elle était méritée.

Au final j'ai jamais revu le gros taré à bretelles qui était venu me faire la leçon au collège. J'ai réussi à choper mon brevet et je suis passé dans un bahut pour décrocher un CAP. Électricité, j'avais choisi. Mais en fait j'en avais rien à cirer de toutes ces conneries. J'ai tenu quelques mois et hop ! basta, j'ai pris la tangente. C'était un peu le plan, avec maman : que j'aie le brevet et ensuite elle me lâchait. Je l'avais eu, alors...

Bien sûr, Roland et elle insistaient quand même. Si t'as pas de diplôme qu'est-ce que tu vas faire ? Comment tu vas gagner ta vie ? Balayeur, c'est ça ? Ou éboueur ? Ou bien voyou, gangster ? Putain, qu'est-ce que j'en ai entendu !

Alors un jour j'en ai eu marre. Vincent s'est pointé avec l'Aronde qu'il venait de récupérer. On a chargé le coffre avec mes deux ou trois merdes, mon électrophone, mes disques, quelques fringues, et hop ! tchao la famille et bon vent ! Comme je savais pas trop où aller, il m'a proposé de venir chez lui quelque temps. Son père a du pognon. Ses parents tiennent une grosse quincaillerie à Bois-Colombes et ils sont proprios d'un immeuble à Asnières. Dans la cour de celui-là, y a un vieux truc, une espèce de petite baraque de guingois. Le rez-de-chaussée sert de garage à vélo et d'espace pour les poubelles et le bordel du concierge, mais à l'étage, c'est la piaule de Vince. Enfin, sa seconde piaule. Il a sa vraie chambre dans l'appart des parents. Ici c'est son truc perso pour faire de la musique et inviter des potes ou des gonzesses. Surtout des gonzesses. Un peu son baisodrome! Tout de suite il m'a expliqué qu'il y aurait certains aprèms ou certains soirs où il faudrait que je dégage. C'était entendu.

J'ai donc installé mon bordel et d'un coup je me suis mis à vraiment respirer. Pour la première fois j'étais chez moi sans avoir quelqu'un sur le dos à me dire ce qu'il fallait faire ou pas faire. J'ai punaisé sur le mur des photos d'Eddie Cochran et de Vince Taylor que j'avais découpées dans Disco Revue, *j'ai branché mon Teppaz, et roule ma poule!*

Bien sûr fallait croûter et ramasser un peu de thunes. Heureusement, toujours grâce à Vincent, j'ai trouvé quelques petits jobs. J'ai fait le livreur chez le bougnat d'à côté, mais se coltiner les sacs de boulets à travers les étages ou les caves, c'était pas trop mon truc, surtout que malgré le tablier je ramenais le maximum de poussière noire jusque dans les chaussettes et le calbar! J'ai bossé aussi chez Coop en bas de la rue. Toujours comme manutentionnaire-livreur. Pas passionnant, c'est vrai, mais qu'est-ce que j'aurais pu faire d'autre? J'ai fait les courses pour une vieille dame de l'immeuble, j'ai baladé les clébards d'une autre. Quand il est parti en vacances, le pipelet m'a chargé de m'occuper des poubelles… Voilà, ça c'était John dans le civil, version incognito.

Heureusement y avait l'autre côté…

Dave, qui faisait un peu l'imprésario du groupe, se bagarrait pour nous dénicher le maximum de petits engagements. Généralement, ça pissait pas loin : les arrière-salles de café, quelques anniversaires, un ou deux radio-crochets, quelques soirées dans des patronages ou des MJC…

Ça n'empêche : quand je m'installais derrière ma caisse claire, avec devant moi, de dos, Dave et Steve avec leurs grattes, et que notre Betty empoignait le micro, c'était comme si le 110 volts me traversait ! Électrique, oui ! Finis les poubelles, les boulets ou les clébards ! Y avait plus que John, John et les Sioux ! Avec sur le devant de la scène, en corsaire noir et petit haut moulant, Betty la Panthère, accrochée à son micro comme Tarzan à une liane ! Tarzane ? Ou bien Jane ! … Elle Jane, moi Tarzan ! Enfin je l'ai dit : c'était juste un vieux fantasme…

Notre répertoire s'était étoffé. Toujours un ou deux titres de Brenda Lee, mais aussi d'autres trucs qu'on avait piochés sur les disques des Américains ou des Anglais. Shakin' All Over *de Johnny Kidd, le type avec le bandeau sur l'œil, et un morceau incroyable d'un gros Noir qui s'appelait Bo quelque chose… « Road Runner », c'était son nom. Avec Dave on en avait fait une version française intitulée*

Cours, petite fille : *« Cours, petite fille, t'as le loup qui t'cours après, cours, petite fille t'as le loup qui veut t'bouffer… » Ça volait peut-être pas haut mais ça marchait bien. D'autres titres étaient chantés en anglais. Je suis pas sûr que Betty connaissait bien l'anglais, mais elle faisait comme si et ça passait tout à fait. On m'a dit que ça s'appelait « chanter en yaourt ». Rigolo. De toute façon personne ne s'en est jamais rendu compte !*

À la même période, Dave m'a dégotté une grosse caisse. Trois francs six sous. Je ne sais pas où il l'a eue. Pas chez Paul Beuscher en tout cas. On l'a redécorée à notre façon. Je me suis dit que si elle avait été piquée, c'était aussi une façon de la rendre non reconnaissable. On a acheté de la peinture rouge et noire, et sur la peau on a écrit : « BETTY et LES SIOUX ». Et comme y restait un peu de place, j'ai peint deux plumes croisées façon Indien. Plus tard je me suis dit que c'était une connerie. On avait trouvé une bande dessinée américaine avec une fille appelée Betty Boop, un peu pin-up et qui montrait ses jambes. C'est ça que j'aurais dû peindre, bien sûr, rapport à notre Betty à nous. En même temps c'est vrai, les plumes c'était plus facile.

Après il a fallu que je me trouve un tabouret. Avec la grosse caisse, c'était fini le jeu debout. Obligatoire de se poser le cul. Comme j'avais pas du tout envie de donner de la thune à Crozatier, on en a piqué un dans un bar où on s'était fait arnaquer. Du coup, avec ma méga caisse, je balançais un son d'enfer sur lequel les autres se calaient. Par contre valait mieux que j'évite de planter un roulement ou un contretemps, faute de quoi on partait tous dans la nature !

Vince lui aussi avait investi dans le matos : une Fender Stratocaster rouge comme celle du mec des Shadows. La classe ! Avec un ampli Fender lui aussi et une boîte d'écho ! Sur Shakin' All Over, on décoiffait un max !

Betty, elle, c'est dans les fringues qu'elle a investi : fini le corsaire, elle s'est trouvé une petite robe rouge toute froufroutante qu'elle faisait voler en dansant. Mais j'aimais pas trop la façon dont les types en bas de la scène reluquaient ses jambes…

Un soir Dave nous a dit :

– Les mecs… (il incluait Betty dans l'équipe de mecs) les mecs faut qu'on se fasse une carte de visite. Ce sera beaucoup plus facile pour les contacts. J'y ai déjà pensé, c'est pas trop compliqué. On fait ça format carte postale avec d'un côté une photo et de l'autre comment nous joindre.

– Une photo ? qu'on a fait, une photo du groupe, tous ensemble ? On n'en a pas !

– Eh bien, on va en faire une, qu'il a dit.

Et donc on en a fait une. C'était un dimanche, il avait emprunté un gros Kodak à un pote et nous on s'était pointés avec nos fringues de scène et les instruments. Ça s'est fait dans ma chambre, enfin je veux dire, celle de Vince. On a punaisé au mur des rouleaux de papier crépon rouges et bleus, et on a *pris la pose. Dave avait récupéré aussi un système pour déclencher la photo à distance, mais il ne marchait pas. Au final, c'est Philippe, le fils du concierge, qui est venu appuyer sur le bouton. En tout, on en a fait une dizaine. On échangeait nos places, ils brandissaient leurs guitares, Betty s'accrochait au micro ou s'asseyait sur ma grosse caisse, moi je tenais mes baguettes comme si j'étais lanceur de couteaux. Quand elles ont été développées, y a eu toute une discussion pour savoir laquelle prendre. Y en avait une qui leur plaisait bien, mais moi je l'aimais pas : Betty chantait à demi couchée. Ce jour-là elle portait un pantalon panthère extrêmement moulant qui faisait bien voir ses cuisses et ses fesses. Du coup on ne voyait plus qu'elles ! Merde que j'ai dit, on fait pas dans le strip-tease forain, on est un groupe de rock, non ? Elle m'a jeté un regard noir puis s'est adoucie. Les autres aussi ont fait marche arrière. On est partis sur une photo plus classicos. Elle est de face tenant le pied du micro, les deux guitaristes lèvent leurs manches de guitare du même mouvement, et moi je cogne sur la caisse claire comme un gros violent ! Ça nous allait pas mal.*

Dave a organisé une petite collecte et il s'est occupé de la faire imprimer. 150 exemplaires. Modeste. D'un côté la photo avec en dessous « BETTY ET LES SIOUX », et derrière « Contact David Lessex » (c'est son vrai blaze) avec le numéro de bigo de ses parents et l'adresse de ma cahute au cas où quelqu'un préférerait écrire. Tout en bas il avait noté nos soi-disant spécialités : « Animation de soirées, fêtes et mariages, danse, rock'n'roll, twist, jazz, fox...»

– Qu'est-ce que c'est que ces conneries ?

On s'est indignés en découvrant ces histoires de jazz et de fox !

– Même le twist, a fait Vince, c'est une connerie à la mode, dans six mois on en parlera plus. Nous on est un groupe de rock. De rock'n'roll et juste ça !

Dave a fait celui qui se fâchait et a balancé le paquet de cartes sur la table :

– Bon, les mecs, si c'est comme ça, c'est un autre qui s'en occupe ! Si vous croyez que c'est facile de dégotter des engagements !

Le fox et tout ça, bien sûr que c'est du pipeau, mais pour les vieux ça compte, ça ouvre des portes.

La première vraie date que Dave nous a trouvée grâce à nos merveilleuses cartes de visite, ce fut le Golf...

9

— Alors, les préparatifs du mariage, ça avance ?

Raffini et Mével étaient accoudés au vaste comptoir du Balto, de l'autre côté du boulevard du Palais, à siroter un « petit noir ».

— M'en parle pas ! Si tu savais tout le bordel que ça représente : faut s'occuper des formalités, bloquer les dates, trouver un lieu et un traiteur, imprimer les invitations, penser aux dragées, sans parler de la robe de la mariée et du costume de pingouin dans lequel je ferai le guignol !

— Bah, bah, bah ! si c'était si terrible que ça, personne ne se marierait.

— Terrible peut-être pas, mais crevant, oui ! Et puis va y en avoir pour bonbon ! Au fait, tu t'étais marié toi aussi ?

— Oh ! oui… Mais dans une vie antérieure… avant-guerre et en province… Les choses n'étaient pas pareilles.

— Mariage religieux ?

— Eh oui, le grand toutim ! Ni elle ni moi on croyait à toutes ces histoires, mais sa famille était genre pratiquants assidus. Messe tous les dimanches, communion, baptême et tout le cirque avec les vieilles façon grenouilles de bénitier ! Alors bien sûr il a fallu y passer !

— Au fait…

— Oui ?

— Tu y viendras à mon mariage ? Je sais que c'est pas un cadeau que je te fais, mais…

— Tant que tu ne me demandes pas d'être témoin !

Mével détourna la tête :

— Tu refuserais ?

— Oh ! ne me dis pas que… ?

La porte vitrée du Balto s'entrouvrit brusquement, laissant apparaître la bouille ronde de l'inspecteur Morlaine.

— Patron, c'est pas pour vous bousculer, mais ça va bientôt commencer !

— Merde ! commenta Raffini, c'est vrai qu'on a une grande réunion cet après-midi !

— J'arrive ! cria-t-il à l'intention de son subordonné.

Mével, à son côté, reposa sa tasse dans la soucoupe. Abandonnant l'affaire du témoin de mariage, il demanda :

— Réunion au sommet ?

— Ouais, maugréa Raffini. Avec le Curé et Vercort, le directeur adjoint.

— Toujours cette affaire de disparition ?

— De double disparition, oui… On réunit toutes les équipes pour faire un point. Ça piétine et là-haut, ça commence à s'énerver…

Il jeta un rapide coup d'œil à sa montre.

— Cette fois-ci faut vraiment que j'y aille.

Mével fit signe au loufiat de remettre le perco en route pour un second café. Raffini gagnait déjà la porte, mais il se retourna vers son ami resté au comptoir.

— Et on en reparle de ton histoire de témoin, hein ? Je n'ai pas oublié !

La réunion avait lieu dans le bureau du Curé. Le soleil donnait et on avait tiré les rideaux. Ils étaient une petite dizaine. Le big boss, Grand-Cateau, Raffini, leurs adjoints, une dactylo chargée de prendre note de la séance et l'inspecteur stagiaire Leroy mastiquant un chewing-gum avec la même élégance que les ruminants dans les bocages.

Vercort, le patron, ouvrit les hostilités :

— Eh bien, messieurs, où en sommes-nous ?

Le Curé jeta un regard interrogatif à Raffini. Celui-ci prit donc la parole :

— A priori les deux affaires de disparition – je dirais d'enlèvement – ne font qu'une : les deux filles avaient sensiblement le même âge et se ressemblaient. D'une certaine façon au moins. Il y a encore une troisième chose dont je parlerai tout à l'heure.

— Se connaissaient-elles ?

— Il semble que non, intervint Grand Cateau. Milieux sociaux et situations géographiques bien différents.

— Continuez…

Raffini reprit la main :

— Les circonstances des disparitions semblaient au départ assez proches. La petite Defrance a disparu en quittant son salon de coiffure en fin d'après-midi, Marion Laroche, la mienne, c'est en quittant son cours de danse un peu avant 20 heures…

— Des témoins ?

— L'inspecteur Morlaine a creusé du côté de Laroche.

Il se tourna vers l'intéressé :

— À vous, mon vieux.

Le « vieux » s'éclaircit la gorge :

— On a interrogé toutes les filles qui avaient assisté au cours de danse en question. Et il y en a une qui a vu quelque chose…

Raffini venait de sortir ses Gitanes et s'en allumait une. Il écoutait avec grande attention.

— Quelqu'un, semble-t-il, l'attendait. Il était en voiture. Une décapotable. Peut-être une Floride. Il était sur le trottoir face au cours. Mais il faisait presque nuit et elle n'a pas pu voir son visage. Une silhouette jeune en tout cas. Nue tête avec un imper ! Elle croit se souvenir qu'ils se sont fait la bise. Elle n'en est plus très sûre… Il l'a escortée jusqu'à la voiture qui était garée quelques mètres plus loin. Il lui a ouvert la portière, ils sont partis, voilà…

— Le témoin ne l'avait encore jamais vu ?

— Non. Et elle ne lui en avait jamais parlé. C'était la première fois qu'elle voyait quelqu'un l'attendre. Elle ne lui avait jamais vu d'ami ni de petit copain…

— Et la famille ? Les parents de cette Marion ?

— Pareil. Ils semblaient tomber des nues à l'idée que leur fille ait pu monter comme ça dans la voiture d'un inconnu. Enfin, d'un inconnu pour eux !

— Vous avez interrogé les gens de son lycée ? Les profs, les copines ?

— Tout le monde, oui. Même Marianne,

visiblement sa grande amie : elle ne lui connaissait actuellement aucun petit copain…

— Et la voiture ? La décapotable ? C'est sûr, cette histoire de Floride ?

— Pas vraiment, en convint Morlaine. C'est d'après ce qu'elle m'en a dit que j'y ai pensé, mais ça pourrait être une Italienne… ou une Allemande, ou même une Anglaise…

— MG, Morgan, Triumph ?

— Voilà. On l'a convoquée. Elle doit venir demain avec ses parents. On lui montrera des photos…

— Et l'autre ? La fille de Saint-Maur ?

Grand-Cateau répondit :

— De son côté aucune trace de voiture. Les collègues de travail, les commerçants, les voisins, tous ont été interrogés. Ils n'ont rien vu. Si on peut identifier cette voiture, on réessayera avec des photos.

Vercort, le directeur adjoint, se leva de l'angle du bureau qu'occupait sa fesse gauche pour se tourner vers la fenêtre dont il écarta le rideau. Un éclat de soleil lui explosa au visage.

— Si je comprends bien vos salamalecs, on n'a rien de nouveau ?

Raffini écrasa posément le mégot de sa Gitane dans le cendrier.

— Je crois bien que si.

Vercort laissa retomber le pan de rideau et se tourna vers Raffini :

— Allez-y ?

Celui sortit de la poche intérieure de son veston le petit carnet de feutrine que leur avait confié la grand-mère de Danièle. Puis de son portefeuille, il sortit un petit carton coloré. Il lut :

— Samedi 4, 16 heures, rendez-vous au Golf.

Il précisa :

— Extrait du journal intime de la petite Defrance. Et ça (il agita le petit ticket) ça provient d'une poche de Marion Laroche : « Golf Drouot/Bon pour une consommation ».

Le sous-directeur s'approcha de Raffini qui lui tendit le ticket.

— Un golf ? Des filles qui jouent au golf ? Voilà qui est curieux ! Vous êtes-vous renseigné sur les golfs qui existent dans le coin ?

Le grand benêt ruminant de Leroy, qui travaillait en lousdé sur la confection d'une méga bulle, faillit en avaler son Globo.

— Putain ! Le golf, c'est pas ça ! Pas ce que vous croyez ! Le Golf Drouot, bien sûr, je connais !

Et se tournant vers Raffini, le zigue déglutit :

— C'est pas un golf pour jouer au golf, c'est un club, une sorte de bar, de boîte où on fait de la musique. Un truc de jeunes. Sur les boulevards, à côté de la rue Drouot. C'est pour ça le nom.

Le sous-directeur jeta un rapide coup d'œil à sa montre puis se dirigea vers la porte. Toisant ses subordonnés, il lâcha, péremptoire :

— Parfait ! Alors au travail, messieurs !

10

Le bureau de Daniel Filipacchi était un vaste foutoir encombré de piles de documents, de dossiers, de magazines. Sur les murs, pas de portraits de Sylvie Vartan. Juste une couverture encadrée du numéro 1 de *Salut les copains* et trois disques d'or dont Morlaine, affligé d'une sérieuse myopie, n'arrivait pas à distinguer le nom des lauréats. Assis à ses côtés l'inspecteur Simon, que Raffini lui avait assigné d'office comme équipier, se dandinait d'une fesse sur l'autre. La coque plastique des sièges ne valait guère le moelleux d'un bon coussin, ou le paillage d'une chaise à ancienne. L'inspecteur stagiaire Leroy avait au final été dégagé de cette mission délicate et renvoyé à des tâches plus humbles. Son soulagement avait été manifeste.

Autour d'eux, une ruche bourdonnait. Sans cesse des sonneries. Le téléphone. La porte palière. Des secrétaires, des livreurs, des coursiers entraient, sortaient, repartaient, déposaient des plis, des colis…

On avait dit aux policiers d'attendre, qu'il allait arriver d'une seconde à l'autre. Ils attendaient donc. Pour tuer le temps, ils feuilletaient la pile de magazines posés sur la table basse entre leurs sièges. Les derniers numéros de *Salut les copains*, mais encore de *Paris Match* et de *Jazz Magazine*. Simon, qui était grand fan de jazz, avait trouvé là sa pâture, alors que Morlaine s'instruisait sur le monde du twist via les rubriques de *SLC* : « La petite chronique de Chouchou » ; « Le Hit-Parade », « Les Portraits », « 40 questions à… », « Les chansons du mois » ou le courrier des lecteurs, intitulé « Cher Daniel », le Daniel en question étant à l'évidence Filipacchi lui-même. Morlaine s'était un peu renseigné sur sa personne avant le rendez-vous : d'abord photographe, puis présentateur et animateur radio sur Europe n° 1, grand amateur de jazz, créant avec son ami Ténot l'émission « Pour ceux qui aiment le jazz » puis, quelques années plus tard, celle destinée aux teenagers, axée sur le rock'n'roll et le twist, « Salut les copains ». Dans le même temps, il devenait « homme de presse », publiant, en direction des mêmes publics, les revues que précisément Simon et lui feuilletaient : *Jazz Magazine* et *SLC*. Sans oublier ses activités de producteur musical, œuvrant pour les labels RCA et Decca. C'est du reste grâce à cette dernière activité qu'il avait rencontré la fameuse Sylvie Vartan. Le frère de celle-ci était chef d'orchestre et il avait engagé la sœurette pour donner la réplique à un chanteur lors d'un duo musical…

Telle une fusée, Filipacchi surgit brusquement dans le bureau, se précipitant vers le téléphone qui s'était mis à leur vriller l'oreille.

— Frank. Oui, alors, comment ça se passe ?

Morlaine et Simon abandonnèrent leurs lectures

respectives et se redressèrent sur leurs sièges. La conversation téléphonique avait été brève. Reposant le combiné, Filipacchi se tourna vers eux :

— Policiers, c'est cela ?

Morlaine fit semblant de sortir sa carte de police, mais l'homme l'interrompit d'un geste.

— Eh bien, je suis à vous. Mais pas longtemps, je vous préviens. J'ai une réunion à 11 heures. Alors, de quoi s'agit-il ?

Morlaine tira de sa poche les photos de Marion et Danièle.

— Connaissez-vous ces personnes ?

Filipacchi s'en saisit, fronçant les sourcils. Il les étudia posément puis les tendit vers les policiers.

— Non. Elles ne me disent rien de bien particulier. De quoi s'agit-il ?

— Disparition. Peut-être enlèvement. Vous n'avez pas lu la presse ces derniers jours ? Leurs portraits y ont été publiés…

— J'ai peu de temps, voyez-vous…

Morlaine lui tendit à nouveau les photos.

— Regardez-les encore, s'il vous plaît…

— Je les ai bien vues…

— Sans doute, mais… elles ne vous font penser à personne ?

— Toutes les deux ont un air de famille. C'est ça ? Deux sœurs ?

— Non. Pas du tout.

— Alors c'est rapport à leur coiffure. Elles sont toutes les deux coiffées comme…

— Et voilà ! intervint Simon, comme quelqu'un

que vous connaissez bien !

— Sylvie ? Sylvie Vartan, bien sûr ! Ça se voit tout de suite. Mais il doit y avoir aujourd'hui quelques centaines, voire quelques milliers ou dizaines de milliers de filles à se faire coiffer comme ça. Toutes les teenagers cherchent à ressembler à leurs idoles. Quand c'est pas Sylvie, c'est Françoise Hardy, façon étudiante sage avec de longs cheveux raides…

Il rendit les photos à leurs propriétaires.

— Désolé, messieurs, mais je ne vois vraiment pas où vous voulez en venir.

Morlaine se racla la gorge, visiblement pas à son aise.

— On s'était dit que…

— Oui ?

— … que peut-être vous utilisiez des sosies de vos vedettes pour…

— Pour quoi ?

— Eh bien, pour qu'on évite de trop les harceler : le public, les journalistes…

Filipacchi eut un petit rire.

— Mes vedettes ne sont ni Kennedy ni le Général. On n'a pas besoin de tels subterfuges !

— Même pour des tournages d'actualités, des films de promotion ? insista Simon.

Déjà l'homme se levait.

— Désolé, messieurs, mais je crains que vous ne fassiez fausse route. Je ne vois aucun lien possible entre ces malheureuses et Mlle Vartan… Il va vous falloir chercher ailleurs…

Et comme il voyait que Simon, levé lui aussi,

lorgnait vers le *Jazz Magazine* dont il avait commencé la lecture…

— Prenez des journaux. Servez-vous si ça vous dit.

Dans la Traction qui les ramenait quai des Orfèvres, Morlaine consultait sa montre. C'était Simon qui était au volant.

— Je n'avais pas fait attention. Mais nous aussi on a rendez-vous.

Et comme Simon ne pipait mot…

— La gamine. La copine de Marion Laroche, Marianne. Je ne sais plus son nom. Elle a été convoquée à midi avec ses parents…

— C'est bon, fit Simon, ça roule bien. On y sera…

Marianne Delpierre était une grande fille aux dents proéminentes qu'un appareil orthodontique peu discret tentait de remettre à leurs justes places. À ses côtés se tenaient ses parents. Lui, très digne dans son costume pure laine à fines rayures, elle, se donnant des airs courroucés, ouvrant et fermant son manteau d'astrakan comme un papillon de nuit allant pour s'envoler.

Morlaine les avait fait s'asseoir face à lui dans son bureau. Simon, debout à ses côtés, fumait en compulsant un dossier. Une jeune secrétaire venait de prendre place sur le petit bureau latéral et libérait la machine à écrire de sa housse. Pour faire une déposition en règle, ils durent d'abord tous trois décliner leur état civil : M. Émile Delpierre, né en 1919, chef de service à la mairie du XVIIe arrondissement ; Mme Jocelyne Delpierre, née de Viviène, femme au foyer, et leur fille Marianne, dix-sept ans, actuellement lycéenne.

Puis vinrent les questions plus intéressantes. Bien sûr c'était à la jeune fille qu'elles s'adressaient. Mais les parents, et tout particulièrement la mère, intervenaient sans cesse. Après tout s'ils avaient accompagné leur fille à la PJ, était-ce uniquement pour jouer les potiches ?

— Vous avez déclaré qu'en sortant vendredi de votre cours de danse, Marion Laroche était attendue par un homme.

— Oui…

— À quoi ressemblait-il ?

— Je ne sais pas exactement. Il faisait nuit. Et puis il n'était pas juste à côté. Il attendait sur le trottoir d'en face. Et moi je partais dans l'autre sens…

— Quand même, vous l'avez entrevu… Grand ? Petit ? Quel âge environ ?

— Pas très vieux, je dirais. Mais plus que nous quand même. Je veux dire plus que Marion et moi. Peut-être vingt-cinq ans ou un peu plus.

— Vous n'avez pas vu son visage ? Vous ne pouvez pas le décrire ?

— Non. Il avait un manteau court, pied-de-poule, je crois.

— Parapluie ? Chapeau ?

— Non, rien de tout ça… mais…

— Oui ?

— Je crois qu'il avait quelque chose à la main.

Qu'il faisait remuer, qu'il jouait avec…

— Des clés ?

— C'est possible, oui. Peut-être ses clés de voiture…

— Bon, on va reparler de cette voiture. Mais d'abord essayez de revoir cette scène : Marion est sortie du cours avec vous. Vous vous êtes dit au revoir…

— C'est ça. Et puis elle a traversé et moi je suis partie de mon côté…

— Elle a rejoint cet homme.

— C'est ça.

— Et ensuite ? Ils se sont serré la main ? Se sont embrassés ?

— Je ne sais pas… Enfin si : ils se sont fait la bise.

— Ah, vous voyez ! s'exclama Morlaine, en partant vous vous êtes retournée pour voir ce qui se passait entre eux.

— Allons, inspecteur ! voulut interrompre la mère.

Son mari lui fit signe de laisser dire.

— C'est vrai, dut convenir la jeune fille, juste un coup d'œil…

— Et donc vous les avez vus se faire la bise puis se diriger vers une voiture stationnée.

— C'est ça…

— Et comment se comportaient-ils l'un vis-à-vis de l'autre ? La tenait-il par le cou ? Par la hanche ? Par la main ?

— Je ne sais pas. Il faisait trop sombre. Et puis je m'étais éloignée…

— Bon, autre chose…

Morlaine sortit un dossier du tiroir de son bureau.

— La voiture. Venons-en à celle-là…

Il posa une demi-douzaine de clichés sur son porte-buvard. À la demande de Raffini, Mével avait récupéré des clichés de différents modèles de décapotables.

— Regardez ces photos et essayez de vous rappeler à quoi celle que vous avez vue pouvait ressembler.

— Mais Marianne n'y connaît rien en voitures ! s'exclama à nouveau la mère.

Simon intervint, dardant sur celle-ci un de ses regards noirs peu amènes dont il avait le secret :

— Madame, s'il vous plaît !

La jeune fille fixait les photos en silence.

— Je suggère quelque chose, fit Morlaine constatant son embarras, vous n'allez pas essayer de reconnaître la voiture que vous avez vue, mais vous allez éliminer celles qui, d'après votre souvenir, y ressemblent le moins. D'accord ?

— D'accord.

— Alors, allez-y.

La jeune fille se saisit immédiatement des deux modèles anglais – Triumph et MG – figurant dans la sélection.

— Bien, bien ! commenta le policier.

Avec hésitation, la main se saisit d'un troisième cliché : un petit coupé BMW, puis presque aussitôt de celui figurant une Mercedes.

— Eh bien, nous avançons : plus que deux ! se réjouit Morlaine.

Restaient en lice la présumée Floride et une jolie petite Fiat, décapotée…

— Et entre les deux ? tenta encore l'inspecteur.

— Je ne sais vraiment pas…

Simon, qui allait pour s'allumer une nouvelle Gauloise, scruta à son tour les photos. Il s'adressa directement à Marianne :

— De quelle couleur avez-vous dit qu'elle était cette voiture ?

— Je ne sais pas. Je ne l'ai pas dit, parce que je ne sais pas. Il faisait presque nuit…

La mère revint à la charge :

— Allons, inspecteur !

Simon l'ignora :

— Rouge ?

Cette fois la jeune fille se fit catégorique :

— Ah non ! ça, pas rouge. Une couleur plus claire. Beige, ou grise, ou bleu très pâle, je ne sais pas. Mais pas rouge, ça, j'en suis sûre !

— Eh bien, fit Simon à l'évidence assez fier de lui, notre Floride a quasiment gagné la partie. Les Fiat 1100 sont presque exclusivement produites en rouge.

11

D'accord, c'était un rêve, juste un fantasme. Mais en attendant, j'en étais quand même raide amoureux de notre Nadine. Enfin, notre Betty. Et puis elle avait changé de coiffure, une frange avec une grande mèche blonde sur le côté. Un peu Sylvie. Et ça lui allait super bien. Surtout avec ses chandails décolletés et ses petites jupes virevoltantes, moi ça me donnait le frisson au ventre et ça me touillait le cœur !

Mais bon, j'insistais pas. C'était pas pour moi. Pour personne d'ailleurs, à ce que j'en savais ! Ma frangine, voilà, ma chouette, ma très chouette frangine ! En fait je lui devais tout à cette môme : ma tronche, enfin la nouvelle, mon nom, mon job à la batterie, et puis plus : l'impression d'être apprécié, de ne plus passer pour un con, un minus, de ceux à qui on n'adresse pas la parole, qu'on croise comme s'ils étaient transparents…

Un jour, au Maryland, y avait près de nous une table de mecs fringués chics, genre étudiants fils à papa, jeunes bourges. Je ne sais plus de quoi je parlais. Je devais parler fort, gueuler un peu. Ça m'arrive, oui. Même si j'essaye de faire gaffe. Et y a un des mecs qui a lancé :

— Hé ! sourdine, d'Artagnan.

J'ai pas pigé. Ça n'avait pas l'air méchant, alors

je me suis pas fâché, mais j’ai pas pigé.

– D’Artagnan ? C’est qui ?

Betty m’a dit que c’était rapport à ce que mes cheveux étaient un peu longs et que j’avais une grande gueule. Et puis que le mec devait être en train de lire Les Trois Mousquetaires.

– Tu ne l’as pas lu ?

J’ai dû avouer que non. Pour être franc, j’avais pas lu grand-chose. Hormis quelques San Antonio et quelques bandes dessinées que j’achetais chez la marchande de journaux au coin de la rue : Blek le Roc, Oliver, X-13 Agent Secret *ou* Tartine.

– Je vais te le passer, qu’elle m’a fait.

Et la semaine suivante, elle m’amenait tout un paquet de bouquins : les Mousquetaires, L’Île au trésor, *et deux « Série noire » dont j’ai oublié les titres.*

Ça m’a botté. Sans doute aussi parce que c’était Betty qui me les avait filés. En bouquinant je devais un peu penser à elle. Du coup voilà que je me suis mis à lire. Elle m’en a amené d’autres : une histoire de chien, L’Appel de la forêt, *un autre truc de mousquetaires,* Le Bossu. *Et des bouquins plus compliqués,* La Peste, Pour qui sonne le glas…

Moi-même j’en ai acheté quelques-uns. Et piqué quelques autres ! Je me suis dit un temps qu’elle, elle bossait peut-être dans une bibliothèque. Mais non, c’était pas ça : les bouquins des bibliothèques ils ont des tampons et des numéros. Souvent aussi une espèce de plastique autour…

Savoir ce qu’elle faisait comme job, c’était un

grand mystère. Pour tout le monde. En fait, on savait quasi rien sur elle. Avant, elle créchait chez ses vieux, mais c'était fini, elle s'était tirée. Ça, on le savait, mais c'était la seule chose qu'on savait. Au début qu'on s'est connus, elle était lycéenne, mais ça aussi c'était fini. Alors comme elle avait de quoi aller chez le coiffeur et s'acheter des fringues, fallait bien qu'elle bosse. Mais où et quoi, bernique ! Et puis où est-ce qu'elle créchait ? Là encore, boules de gomme ! Personne n'avait jamais été chez elle. Personne n'y avait été invité. Personne du groupe en tout cas ! Betty Mystère ! Ça aurait pu être son nom. Pas mal d'ailleurs : « Betty Mystère et les Points d'Interrogation », ça aurait aussi été un chouette nom pour la scène !

Moi je m'étais trouvé un job un peu plus sérieux. Je bossais chez Bollo, l'imprimeur de la rue Ponçet. Je faisais un peu de tout. Ça allait de la mise en carton à la livraison en passant même des fois par l'écriture d'annonces ou de publicité. La grosse différence avec les boulots d'avant, c'est que là, je travaillais tous les jours avec une paye à la fin du mois. Pas grosse la paye, c'est vrai, mais vu que j'habitais toujours gratos dans le lupanar de Vincent, ça roulait. En plus des bouquins, je me suis mis à m'acheter des fringues et des disques : un super pantalon patte d'eph noir avec les coutures surpiquées, des bottines avec des talons en biais et une chemise noire avec des pois blancs. Question disques, j'avais découvert Lido Musique dans un passage sur les Champs. Le paradis. Ils importaient des trucs terribles. J'ai craqué pour Eddie Cochran et Jerry Lee Lewis, et encore Ritchie Valens, le mec de Donna et La Bamba que Dave venait de me faire découvrir. Quelques Français aussi. Des 45 tours. Johnny bien sûr. Mais aussi les Chaussettes et les Chats sauvages. Et aussi Long Chris et les Daltons. Un super disque avec une super photo : Long Chris au-dessus du groupe, comme le chef d'une bande de hors-la-loi… Je le passais tous les jours : Qui me le dira *et* Ma verte prairie, *avec cet harmonica qui pleure. Ça me rendait un peu triste mais j'aimais bien…*

Un jour, y a le bignole qui s'est pointé, cognant à la lourde de l'appentis.

– John ! Y a le téléphone pour toi ! Remue-toi, ça a l'air important.

J'ai sauté dans mon falzar. C'était ce con de Roland. Je ne sais pas comment il avait eu le bigo du concierge. Déjà ça m'a mis en rogne. Et puis l'autre se bidonnait à moitié. Et ça m'a encore plus mis en rogne.

– Y a du courrier pour toi qui est arrivé, il a fait.

– Du courrier ? Quel genre de courrier ?

– Du national, avec le petit machin bleu-blanc-rouge, tu vois le genre ?

Non, je voyais pas trop…

– Ta mère et moi, on s'est permis de l'ouvrir, savoir ce qu'on te voulait…

– Et alors ?

— Les trois jours, mon petit Jean-Louis : l'armée française veut voir à quoi tu ressembles et si tu feras un bon pioupiou !

Oh, putain ! Je l'avais oubliée celle-là. Et je m'en serais bien passé. En plus, même si on savait que l'Algérie ça se terminait, y en avait encore qui partaient et perso j'aurais préféré que ce soit plutôt d'autres que ma pomme. Je suis repassé à l'appart chercher cette foutue convocation. Toujours aussi moche l'appart. La même odeur de chou et d'eau de Javel. Et toujours ma mère qui pissait sans fermer la porte. Je me suis tiré vite fait.

Le jour en question, j'ai mis le réveil à 6 heures. J'avais prévenu mon taulier à l'imprimerie. Trois jours de vacances offerts par les armées. Sans primes et sans la mer. Le rancart, c'était 7 heures et demie. À Vincennes, la cour de la caserne commençait déjà à se remplir. Ciel plombé, crachin, avec en décor de fond ces immenses baraques noirâtres au-dessus desquelles flottait le drapeau…

Ensuite on nous a appelés. John était mort. Le retour du Jean-Louis avec curieusement toutes les merdes qu'il avait autrefois dans la tronche : cette grisaille, comme un dégoût de tout…

On a commencé des tests. C'était retour à l'école. À deux par petites tables avec des encriers et des buvards. Des questions à la con : les parents, les études, si on aimait ceci ou cela… Je me suis retenu d'écrire qu'ils aillent se faire foutre. En dernière question, y avait : voulez-vous voir le psychologue ?

J'ai tout de suite repensé à mon gros à bretelles. Celui qui devait aussi s'appeler Jean-Louis. Je me suis dit que si ce psy-là était aussi con que l'autre, j'avais peut-être une chance de me faire réformer ?

J'ai fait : « Ouais, je veux le voir votre gonze. » Je coche, je signe, et pan ! c'est pesé.

Après y a eu cantine. De la merde, on s'en doute. L'après-midi c'est reparti : tests et questions, et des épreuves de gym aussi, la course, le saut, la corde, les barres, mais tout ça c'est bon, je me débrouille.

Ensuite les dortoirs. Un truc à en mourir : immense, beige, gris, noir avec des pieux en ferraille alignés comme pour la guerre ! C'est normal : on y allait.

Les douches étaient froides et mon voisin de lit, qui m'avait pris en affection, refoulait un max du goulot. Bien sûr, les matelas étaient pourris et devait y avoir des puces !

Le lendemain, surprise, on m'appelle. On venait juste de terminer le p'tit déj : une marmite de café transparent avec des tranches de pain. Et hop ! en route vers le psy.

Non, il ressemblait pas à son prédécesseur. Déjà lui, il était en uniforme. « Major », c'est ce qui était écrit sur la porte de son bureau. Souriant. Il me dit de m'asseoir puis il baissa la tête et se mit à lire des papelards. Je reconnus mes tests d'hier.

De temps en temps il faisait des petits bruits façon « hum » ou « hum, hum ». Pour finir, il reposa le dossier.

— Vous avez demandé à me voir ?

— Mouais, que j'ai fait.

— Et pourquoi ?

Il m'a pris de court.

— Je sais pas. Parce que j'ai pas envie de partir à la guerre ni de faire l'armée.

Ça n'avait pas l'air de le surprendre. Ni même de l'inquiéter. Il a froncé les sourcils mais s'est remis à sourire.

— Et pourquoi donc ? L'armée est une chance pour beaucoup de jeunes comme vous. L'occasion de vous accomplir, de devenir des hommes. De quitter l'environnement familial…

Je l'ai coupé :

— Je suis déjà parti de chez moi.

— Ah ? Vous habitez où ?

— Chez un copain…

— Vous travaillez ?

— Ouais…

Puis je suis parti en impro. Fallait absolument que je rentre du pognon parce que ma petite amie était enceinte et qu'elle aussi était fâchée avec ses parents.

Betty venait de me faire lire les aventures de Thénardier et de Cosette. Ça aide. Je ne sais pas si le gars en face m'a cru ou s'il se fichait de moi. En tout cas il souriait toujours.

— Bon, qu'il a fait, je ne vais pas vous ennuyer davantage, et l'armée non plus. D'accord, je vais vous signer une réforme…

Le soir même j'ai acheté une bouteille de

Ballantine et des Valstar. Avec Vincent et Dave, on s'est bourrés soigneusement la gueule pour fêter ça.

– Tu sais, m'a fait Vincent avant d'aller dégueuler dans la cour, ton numéro, c'est pas qu'il y ait cru ou non, c'est qu'en ce moment ils ont des consignes pour pas prendre trop de monde. Comme ça se calme chez les fellouzes, ils y vont plus doux sur le recrutement. Alors les bizarres dans ton genre…

Dave, lui, tenait beaucoup mieux l'alcool. Il a mis un Cochran sur le tourne-disque et s'est dégoupillé une canette. Puis il a sorti son petit carnet.

– Comme t'étais pas là, on te l'a pas encore dit. Mais on a été au Golf avec Betty. On a vu le mec. Cette fois, c'est calé : le 24 en soirée. À 8 heures. On a droit à quatre morceaux. Répète tous les soirs en attendant !

Derrière lui, dans le haut-parleur du Teppaz, Cochran grondait : « C'mon everybody !... »

12

Accompagné du jeune stagiaire mâcheur de gomme, Raffini grimpa rapidement les dernières volées de marches de la station Richelieu-Drouot. Par crainte des encombrements, il avait laissé sa Traction devant le quai des Orfèvres, sacrifiant le confort à l'efficience et à la rapidité. Ils s'étaient néanmoins offert des premières classes. N'est pas commissaire qui veut ! Tandis que surgissaient de la pénombre des tunnels les fameuses réclames peintes, « Dubo, Dubon, Dubonnet », il se faisait initier aux arcanes de la « musique jeune » par l'escogriffe aux grandes dents.

— Le rock'n'roll, ça vient d'Amérique... C'est un peu comme les chansons de cow-boys, mais en plus fort, plus nerveux. Et puis chanté par les jeunes. Avec des sons différents aussi. Des guitares électriques...

Nous y voilà, nota Raffini qui, de la marée rock'n'roll, n'avait retenu que l'écume : le bruit, les gesticulations, les cris...

— Le morceau le plus connu c'est *Rock Around the Clock* par Bill Haley. Je suis sûr que vous connaissez, que vous avez déjà entendu.

— Possible, concéda le commissaire, dont les goûts musicaux s'orientaient essentiellement vers l'opérette.

— Ensuite il y a eu Elvis Presley. Puis Gene Vincent et Buddy Holly. Et Chuck Berry aussi. En France le premier, ça été Johnny. Johnny Hallyday. Lui au moins vous le connaissez !

— Parfaitement, mentit Raffini.

— Bien sûr, il n'y a pas que lui. Depuis y en a plein d'autres qui sont arrivés : Les Chaussettes noires, Les Chats sauvages, Les Pirates, Vince Taylor, Richard Anthony…

— Bien sûr, concéda amicalement son interlocuteur.

— Des filles aussi…

— Comme cette Sylvie Vartan ?

— Voilà ! Mais d'autres aussi : Petula Clark, Françoise Hardy, Nancy Holloway…

— Dites-moi, Leroy, j'ai lu qu'on les appelait « yéyés ». Qu'est-ce que ça veut dire ?

L'intéressé semblait perplexe :

— En vrai, je ne sais pas trop. C'est plutôt les journalistes qui les appellent comme ça. D'un côté les jeunes, les yéyés, et de l'autre les adultes, les « croulants »…

— Les croulants ? Raffini ne pouvait s'empêcher de sourire. Pas mal ! Je suis donc un croulant ?

Devant la mine dubitative de son subordonné, il ajouta :

— Pas vous, bien sûr ! Vous avez quel âge au fait, Leroy ?

— Vingt et un, monsieur le commissaire.

— Ah ! donc vous faites partie de ces yéyés ?

Mais Raffini se trompait. Dans l'étroit escalier menant au fameux « Golf Drouot », une pancarte stipulait : « Interdit aux moins de 16 ans et au plus de 18 ». L'établissement se trouvait à l'angle du boulevard Montmartre et de la rue Drouot, près de la mairie du IXe. Au rez-de-chaussée, un café étendait ses vitres et ses chromes tout au long de sa double façade, sous un vaste néon notifiant : « Bowling, Café d'Angleterre ». Au-dessus de celui-ci, un autre, plus modeste, indiquait : « Golf Drouot », ce golf occupant de fait l'étage supérieur au café.

Le panneau fit sourire le jeune Leroy :

— Les moins de seize ans ne sont en effet pas admis, mais les plus de dix-huit si, rassurez-vous. C'est juste pour rire.

— Ça tombe bien, commenta Raffini, j'ai en effet légèrement passé cette limite d'âge.

Alors qu'ils débouchaient dans la salle en haut de l'escalier, un homme surgit, manifestement surpris par l'irruption du commissaire dont la silhouette ne correspondait guère au profil habituel de sa clientèle. Sans lui laisser le temps d'exprimer son étonnement, le commissaire avait sorti sa carte.

— Police. Commissaire Raffini. Et voici l'inspecteur Leroy. Pouvons-nous voir le propriétaire ou le gérant des lieux ?

L'homme s'était immobilisé, fixant Raffini avec un sourire incrédule.

— La police ? Mais pourquoi ?

Puis spontanément, il tendit la main :

— Henri Leproux. Je suis le gérant.

L'homme avait une petite trentaine d'années, les

cheveux bouclés, le visage un peu rond à l'expression rieuse. Il s'effaça pour laisser entrer les deux policiers.

— De quoi s'agit-il ?

Raffini fouilla la poche de son imperméable.

— De disparitions. Deux filles qui fréquentaient votre établissement.

Il tendit les photos au gérant.

— Les reconnaissez-vous ?

L'homme les observa attentivement.

— Non, elles ne me disent rien. Mais je ne suis pas très physionomiste. Je vais appeler ma femme. C'est elle généralement qui est à l'entrée et qui tient la caisse. Elle a une bien meilleure mémoire que moi.

— Colette ! cria-t-il en direction du bar.

Une jeune femme s'approcha. Leproux expliqua :

— Ces messieurs sont de la police. Ils veulent savoir si on a vu ces deux filles.

Il lui tendit les photos. À son tour elle les examina avec attention.

— Ce sont d'elles qu'ont parlé les journaux, n'est-ce pas ? Celles qui ont disparu ?

— En effet. Et qui hélas ! ne sont toujours pas réapparues…

Raffini expliqua ce qui avait motivé leur visite : le ticket dans la poche de l'une et le rendez-vous noté dans l'agenda de l'autre.

— Malheureusement, on en voit passer tellement !

— Certains soirs, notamment le vendredi, ici c'est plein, compléta Leproux, balayant la grande salle d'un large geste. Plusieurs centaines. Souvent on doit refuser des entrées…

Tandis que la jeune femme poursuivait son examen des clichés, le commissaire observait l'endroit. Une grande salle recouverte de parquet, actuellement vide, hormis des rangées de chaises alignées contre le mur. À leur droite, un vaste comptoir avec de hauts tabourets, à l'autre extrémité de la pièce, une petite scène surélevée. Sur celle-ci, un homme vêtu d'un blue-jean et d'un chandail peignait une sorte de fresque figurant des personnages en pied directement sur le mur entre les stores des fenêtres.

Leroy, intrigué, fit quelques pas dans sa direction.

— Ouah ! c'est Johnny ! lâcha-t-il, admiratif, à l'adresse du peintre.

— Oui, répondit l'intéressé sans se retourner.

— Et les deux autres, on dirait Gene Vincent et Elvis.

— Si on veut, si on veut… commenta le peintre.

— Eh bien ? demanda Raffini à la femme du gérant.

— Je ne peux pas vous l'affirmer à cent pour cent, mais celle-ci (elle désignait le portrait de Marion), je crois bien que oui. Qu'elle est venue ici et que je l'ai vue. Le problème, c'est que ce type de coiffure est à la mode. Le maquillage aussi…

— Sylvie Vartan, murmura le commissaire.

— Eh oui ! Alors ça leur donne à toutes un petit air de famille !

Henri Leproux se tourna soudainement vers le peintre :

— Hé, Chris ! Tu peux venir une minute ?

L'intéressé posa ses pinceaux puis prit le temps de s'essuyer les doigts dans un chiffon.

— J'arrive.

Leproux lui tendit les photos.

— Ces filles ? Tu les as vues ici ?

Le peintre se saisit des clichés.

— Christian nous donne un sacré coup de main pour décorer l'endroit.

— Peintre ? hasarda Raffini.

— Oh ! de façon très occasionnelle. Il chante. C'est lui le chanteur du groupe Les Daltons. Long Chris et les Daltons, ça vous dit quelque chose ? Ils viennent d'enregistrer un second disque.

Le nom des Daltons lui disait en effet quelque chose, mais ne s'agissait-il pas de hors-la-loi qui avaient écumé l'Amérique du siècle dernier, en compagnie de Billy the Kid et autres Jessie James ?

Le Chris en question rendit les clichés à Leproux.

— Non, pas spécialement… On dirait vaguement Jacqueline et Micheline, mais…

Leproux le coupa :

— … elles, ce sont deux filles qui chantent en duo. Elles vont enregistrer un disque. Mais non, ce ne sont pas elles. Ces deux-là, ce sont réellement des sœurs…

Raffini observait le peintre-chanteur tandis que

celui-ci, tournant la tête vers sa fresque, tentait sans doute de se faire une juste idée des portraits en pied de ses rock'n'rollers.

Le garçon, un grand gaillard filiforme, dépassait le commissaire d'une bonne tête. Inutile de s'interroger au sujet du « Long » de son nom ! Signe sans doute des temps : ses cheveux rebiquaient au-dessus des oreilles et dans le cou tandis que de brefs favoris – des « pattes » comme disent les coiffeurs – soulignaient les pommettes saillantes et l'expression ténébreuse.

Remarquant le regard du commissaire, Leproux ajouta :

— C'est un bon chanteur, Chris. Faudra que vous veniez le voir un soir avec ses Daltons. Ils chauffent rudement, ces gars-là !

— Chauffer ? Raffini se nota d'en demander une juste traduction à son jeune adjoint.

Long Chris s'en étant retourné à ses pinceaux, le propriétaire des lieux suggéra :

— Vous voulez boire quelque chose ? Un Coca ?

Leroy acquiesça avec enthousiasme. Raffini, qui abhorrait cette boisson au goût pharmaceutique, opta pour le café que leur hôte proposa en second choix.

— Pourquoi Golf Drouot ? s'étonna le commissaire. Ce n'est pas un golf, ici, que je sache ?

Colette était repartie à ses occupations. Les trois hommes s'accoudaient au bar.

— Ça l'était il y a encore pas longtemps ! expliqua Leproux. Un golf miniature intérieur. C'est rare. Surtout à Paris ! Il en subsiste encore une partie là-bas, sous l'estrade…

Pour répondre à la curiosité de Raffini, il raconta :

— Au départ c'était un golf. Et une sorte de salon de thé. Mais ça ne marchait plus très fort. Alors quand la propriétaire m'a donné son accord, je l'ai transformé en club-bar pour les jeunes. Il y a beaucoup de jeunes ici dans le quartier qui travaillent dans les boutiques ou les banques. J'ai récupéré un juke-box et des disques, et rapidement c'est devenu pour eux un lieu de rencontres et de retrouvailles. Eux aussi ont amené des disques. De rock, bien sûr. Et puis certains ont apporté des guitares, se sont mis à chanter. Comme Johnny Hallyday. Vous connaissez. C'est ici qu'il a commencé. Et des gens comme Claude, enfin Eddy… Les Chaussettes noires, Les Pirates, tous ont démarré ici…

Leroy buvait littéralement ses paroles : l'histoire du Golf Drouot racontée par son créateur, vous pensez !

— Par contre le parcours du mini-golf n'intéressait plus grand monde, poursuivait Leproux. Alors toujours avec l'accord de Mme Perdrix, la propriétaire, on l'a supprimé, et à la place on a installé cette scène où les musiciens viennent jouer. C'est pour ça que Chris fait cette décoration. Belle idée, n'est-ce pas ?

Raffini dut bien sûr en convenir…

Bien sûr, le travail de décoration des lieux n'était pas vraiment le motif de sa venue. Et jusqu'alors il n'avait pas appris grand-chose. Colette Leproux avait peut-être vu l'une des deux victimes. Mais qu'est-ce que cela leur donnait de plus ?

— Vous savez, reprit le gérant, c'est un soir que vous devriez venir. Il y a généralement beaucoup de monde et ils se connaissent entre eux. En plus elles sont plutôt mignonnes vos deux filles. Ce serait bien le diable si quelques garçons n'avaient pas essayé de les draguer !

Il attrapa un cahier sous le comptoir.

— Ce soir, ce sera calme. Mais si pouviez passer vendredi, là il y aura du monde. Il y a trois groupes d'inscrits : Les Spads, Les Kings et Les Sioux. Betty et les Sioux. Et les Daltons seront là en vedette. Oui, avec notre ami Long Chris. On vous y attend, commissaire ?

13

Les avis de recherche n'avaient toujours rien donné. De jour en jour la tension montait au 36, quai des Orfèvres. Et à la préfecture. Et au ministère. Morlaine et son équipe ratissaient tout le XVIe arrondissement. Ils avaient interrogé les voisins, les commerçants, les copines, les camarades de classe, les enseignantes, ils étaient revenus par deux fois questionner les parents. Mais non, ceux-ci n'étaient au courant d'aucune liaison, d'aucun flirt conséquent de leur fille. Pas plus qu'ils n'avaient vu ni même entendu parler d'une Floride décapotable. Bref, ils ne savaient absolument rien.

C'était là du reste un parfait résumé des résultats de l'enquête au sujet de la jeune Marion : rien ! Même chose d'ailleurs en ce qui concernait l'autre disparue. Aucun élément nouveau malgré d'autres interrogatoires des proches, et cette fois une perquisition en règle au domicile familial et une fouille approfondie de la chambre de Danièle.

Suivant le conseil avisé d'Henri Leproux, le patron du Golf Drouot, Raffini et Grand-Cateau avaient décidé de s'y rendre conjointement en soirée pour interroger le public du club sur la présence des deux filles, leurs comportements, leurs éventuelles rencontres.

En tournant à l'angle de la rue Drouot, ils découvrirent une petite queue qui se formait en bas de l'escalier du Golf. Exhibant leurs cartes de police, ils remontèrent la file sous les sarcasmes et les quolibets. Des croulants qui jouaient au passe-droit, ignorant ostensiblement l'écriteau qui précisait pourtant clairement la limite d'âge. En haut de l'escalier, ils saluèrent Mme Leproux, Colette, derrière sa caisse, qui encaissait le très modeste droit d'entrée des visiteurs.

— Henri est au bar, précisa-t-elle.

Celui-ci les salua rapidement tout en continuant à servir les jeunes clients massés contre le comptoir.

— Hé ! vous, messieurs, qu'est-ce que je vous sers ?

Raffini regardait dubitativement Leproux secouer un shaker à cocktail.

— Ce que vous faites, c'est quoi ?

— « Baby Golf », c'est le nom que je lui ai donné. Invention brevetée Golf : moitié Martini, moitié jus de raisin.

— Va pour un Baby Golf !

— Pareil ! fit Grand-Cateau soucieux de se concilier les grâces du taulier.

— Et vous ?

Leproux interrogeait le jeune Leroy qui accompagnait ses aînés, comme représentant de la police moderne et traducteur éventuel du jargon local.

— Coca ! Avec paille, s'il vous plaît !

Sans doute, à trois, les policiers ne passaient guère

inaperçus parmi la marée mouvante et agitée des « teenagers » (traduction Leroy), mais ils avaient au final opté pour une présence manifeste qui ne pouvait qu'interloquer les clients. Leproux, qui affichait une collaboration franche avec les forces de l'ordre, expliquait à tous la raison de leur présence et leur recherche d'indices concernant la disparition des deux jeunes filles. Personne ne semblait y trouver à redire…

Devant eux, sur la petite scène fermant la salle, des garçons installaient des amplificateurs et des micros. Un autre montait une batterie et calait son tabouret. Sur le gros tom était écrit : « LES SPADS ».

— Connus ? interrogea Raffini.

— Moi, je ne connais pas, avoua Leroy, mais il y a beaucoup de petits groupes qui débutent ici. Passer au Golf, c'est un peu comme passer le brevet ou le bac. D'ailleurs, sérieusement, on leur donne un diplôme.

— Un diplôme ?

À côté de Raffini, un grand blond au visage avenant était venu s'accouder.

Spontanément il tendit la main au commissaire.

— Paraît que vous recherchez les deux filles qui ont disparu…

Il ajouta :

— Je m'appelle Dany. Dany Logan. Je suis le chanteur des Pirates.

Leroy se tourna brusquement vers l'arrivant :

— Les Pirates ?! Oh oui ! Je vous reconnais. J'ai acheté votre disque, *Oublie Larry*. Super !

Puis à l'adresse de Raffini :

— Ils sont vraiment super ! C'est des bons ! Des super bons !

— Merci ! sourit l'intéressé.

Le commissaire intervint :

— Vous vouliez nous dire quelque chose au sujet des disparues ?

Le sourire se résorba :

— Ben… Qu'on est tous avec vous pour qu'on les retrouve. D'après les photos qu'on a vues, c'étaient des chouettes filles.

— Vous les connaissez ? Vous les aviez vues ?

— Moi non. Mais…

Il se tourna vers son voisin. Un petit brun aux yeux rieurs doté d'une épaisse crinière lui cachant le haut de l'oreille.

— Hector, commenta-t-il. Jean-Pierre à l'état civil. On joue ensemble. Il est guitariste rythmique.

— Enchanté, murmura vaguement le commissaire. Ça n'empêche, pensa-t-il, quelle sacrée collection de loustics ils ont ici ! Il sortit les portraits des disparues qu'il tendit à l'arrivant.

— Vous les avez vues ?

Le Hector les observa tranquillement. Puis désignant le portrait de Danièle :

— Elle, oui. Elle était là il y a une quinzaine.

— Vous lui avez parlé ?

— Moi non. Mais elle a passé pas mal de temps avec Annie…

— Annie ?

— Une copine. Une régulière du Golf !

— Elle est là ?

— Là-bas, près de la scène. Vous voulez que je vous l'amène ?

Il entreprit de se frayer un chemin à travers la marée humaine qui tanguait alentour.

— Alors, s'enquit Leproux, mon cocktail, qu'est-ce que vous en dites ?

— Pas mal, admit le Curé. Mais à votre place j'ajouterais un rien de rhum pour corser un peu…

— Peut-être ! Mais j'aime mieux y aller doux sur l'alcool. Ils sont jeunes, fit-il, balayant l'assemblée d'un regard bienveillant. Je n'ai pas envie qu'ils se rendent malades…

— Sans parler du fait de devoir nettoyer après, si vous voyez ce que je veux dire ! ajouta Colette qui venait de rejoindre son mari.

Ils furent interrompus par un grand gaillard à la mine déconfite :

— M'sieur Leproux, on a un problème…

L'intéressé fronça le sourcil :

— Quel problème ?

— Je suis John, des Sioux. Je suis le batteur. Le problème, c'est que notre chanteuse n'est pas là. En principe on doit attaquer après les Kings…

— Bon. Mais elle a encore le temps d'arriver…

— Mouais… C'est pas son genre d'arriver en retard. Vraiment pas…

— Et si elle n'est pas là, vous ne pouvez pas jouer sans elle ?

— Pas vraiment… C'est elle qui chante. Elle

seule. On peut toujours faire un ou deux instrumentaux, mais c'est pas vraiment notre truc ! Je suis bien ennuyé mais…

— Bon. On va s'arranger. Déjà, attendons de voir si elle arrive… Elle s'appelle comment au fait ?

— Son nom de scène ? Betty. Betty et nous, Les Sioux.

— D'accord. Si elle n'arrive pas à temps, je demanderai aux Daltons d'avancer un peu leur passage…

Comme un fait exprès, Chris surgissait précisément, accompagné d'un grand blond à l'expression goguenarde. Il adressa un vaste salut à Leproux et un second plus réservé aux policiers qu'il avait déjà croisés.

— Vache ! sursauta Leroy, à côté de Long Chris, c'est Eddy Mitchell, le chanteur des Chaussettes noires !

— Formidable ! s'exclama Raffini, qui n'en avait strictement rien à battre.

Au même instant, le chevelu nommé Hector revenait accompagné d'une charmante petite rousse aux cheveux en couettes.

— Bonjour, fit la mignonne, observant avec un juvénile et légitime effroi les moustaches et la calvitie naissante du commissaire. Vous vouliez me parler ?

Il ressortit les deux portraits.

— Vous avez vu ces filles ?

Annie n'hésita pas. Elle pointa du doigt la seconde :

— Celle-là, oui. Il y a quinze jours. Je crois qu'elle s'appelle Danièle…

— Il y a quinze jours ? Vous ne l'avez pas revue depuis ?

Le minois de la jeune fille se rembrunit.

— Pourquoi ? Il lui est arrivé quelque chose ?

— Vous ne lisez jamais les journaux ?

— Pas vraiment, non.

— Dommage. Son portrait a été reproduit dans tous les quotidiens de France et de Navarre. Si vous l'aviez reconnue et si vous vous étiez alors manifestée, vous nous auriez sans doute fait gagner bien du temps !

— Désolée…

— Bon. Racontez-nous un peu la façon dont les choses se sont passées. C'est ici que vous l'avez vue ?

— C'est ça.

— Et c'était la première fois ?

— Tout à fait. Ce jour-là, il y avait pas beaucoup de monde et surtout pas beaucoup de garçons. Des fois ça arrive qu'il y ait beaucoup plus de filles que de garçons.

Elle ajouta, espiègle :

— C'est idiot, hein ?

Elle reprit aussitôt :

— Il n'y avait pas de musiciens, la musique c'était le Seeburg, le juke-box. Elle avait d'abord dansé avec un jeune type, puis elle est venue s'asseoir à côté de moi. On a un peu parlé…

— Que vous a-t-elle dit ?

— Que c'était la seconde fois qu'elle venait et qu'elle était déçue qu'il y ait ce jour-là pas plus de monde… Je lui ai expliqué que ça dépendait des fois… Sinon elle m'a dit qu'elle était coiffeuse et qu'elle habitait en banlieue. Dans le sud, je crois. Et puis bien sûr, qu'elle aimait le rock et le twist…

— Hum ! fit le commissaire, dubitatif, voilà qui ne lui apprenait singulièrement rien ! Et c'est tout ?

— Je crois, oui…

— Mais ce garçon avec qui elle avait dansé, vous le connaissiez, lui ? intervint Grand-Cateau.

— Je l'avais déjà aperçu une fois ou deux. Photographe, je crois… Il avait proposé à Danièle de lui faire des portraits. Gratuitement. Enfin, ça veut pas dire grand-chose. Ça fait partie du plan gringue, de la drague…

— Elle avait accepté ? Pour les photos je veux dire ?

— Je pense, oui. Mais elle devait pas trop y croire…

— Elle vous a dit comment il s'appelait ?

— Lui ? Serge… Serge quelque chose. Je ne sais plus… Mais il est repassé ici il y a quelques jours…

— Il ressemble à quoi ?

— Je ne suis pas douée pour décrire les gens… Assez grand mais pas trop, dans les vingt ans, blond… Je ne sais pas quoi dire d'autre…

Raffini, qui depuis quelques instants prenait des notes dans son carnet, releva la tête :

— Mademoiselle, on va être amenés à vous convoquer et enregistrer votre déposition. Vous êtes sans doute parmi les dernières personnes à avoir vu cette jeune fille, et qui plus est, à lui avoir parlé. Votre nom ?

Soudainement intimidée comme une écolière prise en faute, elle murmura :

— Annie. Annie Chancel[1].

La jeune fille était repartie près de la scène. Grand-Cateau tentait d'échanger ses impressions avec Raffini, mais le bruit était trop fort pour qu'ils réussissent à s'entendre.

— Quel barouf ! s'indigna Raffini.

Les Spads avaient terminé leur « set » (traduction Leroy) et les Kings prenaient la relève, ayant pris soin d'augmenter discrètement la puissance de leurs amplificateurs pour « sonner » plus solidement que leurs prédécesseurs.

— Mais pourquoi jouent-ils si fort ? hurla le commissaire à son jeune adjoint.

— C'est le rock, patron, le rock, ça se joue fort. C'est pas comme…

Craignant d'être désobligeant, Leroy se retint d'établir toute comparaison avec d'autres musiques, certes calamiteuses, mais peut-être familières à son chef…

Profitant de la pause qui suivit, les policiers interrogèrent une demi-douzaine de jeunes clients ayant

1. La jeune Chancel enregistrera un disque quelques semaines plus tard, sous le nom de Sheila.

vu ou entrevu Danièle Defrance. Mais les souvenirs étaient bien flous. L'un par contre leur dit avoir un souvenir plus précis du Serge, avoir échangé quelques mots avec lui et même l'avoir vu repartir dans une voiture décapotable qui pouvait fort bien être une Floride Renault…

Mais déjà Long Chris et ses Daltons prenaient possession de l'étroite scène de l'endroit. Après un bref morceau instrumental, le chanteur empoignait le micro, prenant des nouvelles d'une certaine Joséphine…

Leroy était en transe :

— Ouaaah ! *Hello Josephine*, c'est un des grands tubes de Fats Domino !

— Un « tube » ?

Sur scène, habillé d'un élégant costume bleu pailleté, le Long Chris avait certes beaucoup plus d'allure qu'affublé de la tenue de peintre qu'il portait la fois précédente. Tout en chantant, il arborait une forme de gestuelle assez théâtrale non dénuée de panache, Raffini devait en convenir. Et puis ces chansons étranges, laminées par l'aigu métallique des guitares et martelées par le rythme hypnotique du tambour, créaient – il lui fallait là encore le reconnaître – une atmosphère singulière, comme lunaire, mais pas aussi déplaisante qu'il l'eût imaginée…

Leroy, lui, avait pleinement succombé à l'hypnose musicale que provoquaient Long Chris et ses acolytes. Le commissaire dut le secouer puis le tirer à lui sans ménagement pour enfin rompre le charme et lui faire comprendre qu'ils partaient…

Plus tard, sur l'île Saint-Louis, longeant le quai d'Orléans pour regagner son logement, Raffini se trouva lutter contre les bribes d'une chanson qui s'accrochait à lui. C'était le dernier morceau qu'interprétaient ces outlaws aux vestes pailletées. Il ne se souvenait guère des paroles hormis le refrain, juste le refrain : « Qui te le dira ? »

Mouais, vaste question, songeait le commissaire en introduisant sa clé dans la serrure de l'appartement. Qui me dira où sont passées ces pauvres filles, si on les retrouvera un jour et dans quel état !

Oui : qui me le dira ?

14

Je suis superstitieux. Pas religieux, même si j'ai dû me farcir la messe, le caté et même la communion jusqu'à treize ans! Mais superstitieux, oui! J'ai pas de patte de lapin, mais c'est vrai que je ne passerai jamais sous une échelle et que je ferai jamais un truc important un vendredi 13. Même les chats noirs, j'aime pas trop! Et puis y a aussi les moments où tout va bien, trop bien. Et quand c'est trop, ça devient suspect. Je me demande quelle merde va alors me tomber dessus.

Exactement ce qui s'est passé : d'abord la révision au conseil des trois jours et puis le lendemain, l'enveloppe! C'était en revenant d'une livraison de tracts de publicité. Je gare le triporteur dans la cour derrière l'imprimerie, et avant de repartir au turbin, je me dis que j'ai mérité une petite mousse pour me rafraîchir la gorge. Je vais au bistrot à côté, le « 421 », et juste avant d'arriver, après le Goulet-Turpin, je repère un truc blanc dans le caniveau. Une enveloppe. Elle n'était pas vide. Je palpe, j'ouvre, et je tombe sur cinq beaux billets de 1 000, cinq Richelieu tout neufs sagement pliés. Qu'est-ce que vous auriez fait? Bien sûr, je pouvais les amener chez l'épicier ou au troquet demander comme ça : y a quelqu'un qui a perdu une enveloppe avec

5 000 balles ? Ou bien chez les flics ? Et qu'est-ce qui leur serait arrivé à votre avis à mes jolis biffetons ? Pardi, ils leur auraient vite trouvé un nouveau proprio qui en guise de remerciements m'aurait offert une chaleureuse poignée de main ! Mais j'ai oublié d'être con. Et je me suis dit que ce serait plutôt moi qui allais les adopter, les petits billets orphelins ! Ce qui tombait bien, car j'étais plutôt raide.

Voilà pourquoi je me demandais si une tuile n'allait pas me tomber dessus. La révise, l'enveloppe, et quoi encore ?

La tuile, ça a été avant-hier, à la répète. Fallait pas qu'on rate notre exam d'entrée au Golf. Alors on chiadait des petits détails, des petits plus : Dave et Vince, c'était une espèce de petit pas de danse, jambes à droite, jambes à gauche, tout en jouant, et puis au moment des chœurs ils rejoignaient Betty en même temps, chacun de son côté, en tendant le cou vers le micro. Betty, elle, c'était de se glisser de profil pendant le solo en s'arc-boutant au pied du micro. Moi, c'était de peaufiner mes roulements et de glisser un ou deux breaks au milieu des morceaux. Bref, plein de petits trucs pas importants mais sympas qui pouvaient faire la différence avec les autres groupes.

Ce soir-là, c'était dans ma chambre, enfin celle de Vincent, qu'on répétait. L'avantage de ce local c'est qu'il est isolé, pas de voisins au-dessus ni en dessous, et on peut donc jouer normalement. Enfin presque normalement, parce que les fenêtres côté cour de l'immeuble en profitent quand même ! Pour s'échauffer, on est partis sur une petite impro façon Shadows. Ensuite Dave s'est essayé à Be Bop a Lula, *et en duo, on a massacré* Blue Suede Shoes. *Après quoi on s'est bu une petite bière. Il commençait à faire tard et Betty n'était toujours pas là…*

– Merde, c'est vrai : presque 8 heures ! On lui avait bien dit, hein ?

– Sûr ! Et répété !

– Qu'est-ce qu'elle peut bien foutre ? En plus ce soir, c'est quand même important !

– Et puis elle aussi y tient sacrément à notre passage au Golf !

Vincent s'est fait rassurant :

– Pas de panique, les mecs. Vous allez voir, elle va se pointer !

Ben non. Vincent avait faux : elle s'est pas pointée ! Ni à la répète ni au Golf !

Là, on a cru qu'on allait devenir fous ! Le truc, prévu, annoncé, huilé, le matos sur place, nous en bas du podium, moi avec mes baguettes et les autres avec leurs grattes, et cette conne qui ne vient pas ! Je dis « conne », mais je le pensais pas vraiment. Personne ne le pensait. C'est juste qu'on était dans une putain de colère. Alors pour finir j'ai dû aller causer avec Leproux, le patron, et lui expliquer notre merde. Sympa le mec, il ne s'est pas fâché, il semblait même plus ennuyé pour nous que pour sa boîte…

On a tout remballé et on est repartis la queue entre les jambes. En plus de l'absence de Betty, il y avait quelque chose qui me turlupinait, mais j'arrivais pas à savoir quoi… On a tout redéballé dans la chambre et comme le Maryland ferme tard, on est partis s'en boire un dernier. Pas fiers qu'on était ! Furibards même ! Contre Betty et contre la poisse.

… Contre cette merde incompréhensible qui nous tombait dessus sans qu'on puisse se l'expliquer.

– Ce qui est sûr, c'est que c'est pas volontaire. Si elle est pas venue, c'est qu'elle a eu un pépin ! Sûrement un pépin.

– Quoi ?

– Comment je le saurais ? Une histoire de famille ou de mec…

– Un accident ?

– Oh ! arrête, tu me fais peur.

Depuis qu'on s'était attablés dans le rade, Dave était bizarrement silencieux.

– Tu dis rien, toi. Qu'est-ce que t'en penses ?

Il semblait du coup franchement pas à l'aise…

– Les mecs, qu'il a commencé, je pense soudain à quelque chose… En fait, faut que je vous dise, des fois, Betty et moi, on se voit.

On tombait des nues.

– Tu veux dire que tous les deux…

– Un peu, oui, c'est vrai, c'est arrivé…

La colère me montait à la gorge. Comment, cette enflure d'hypocrite !!!

– Calmos, les mecs, une seconde ! Ce que je veux

dire, c'est qu'il lui arrive de me raconter des choses…

– Quel genre de choses ? s'inquiéta Vince.

– N'importe. Des histoires de gonzesses, ou de pognon, ou rapport à ses parents, des choses comme ça. Voilà… Et justement on s'est vus il y a trois jours. Rapidos. Juste le temps de boire un café sur le boulevard. Et là elle m'a parlé d'un truc…

Ma colère lentement se résorbait. L'inquiétude, l'angoisse reprenaient le dessus. De grosses boules, oui…

– On t'écoute…

– Des photos. Un mec lui proposait de lui faire des portraits. Des vraies photos. Pas le truc d'amateur. En studio avec un matos professionnel…

– Qui c'était ce mec ?

– Justement : un professionnel.

– Elle a accepté ?

– Je crois oui. Elle devait le voir le lendemain…

– Merde ! Elle t'a dit son nom ?

– Oui : Serge quelque chose… Un nom façon Bolli… Rolly… Je m'en souviens parce que j'ai pensé à Buddy Holly…

Vince et moi étions très dubitatifs.

– Il crèche où ce mec ?

– Aucune idée. Paris sans doute. Paris ou la banlieue…

– Bon. Disons que c'est à Paris…

Il s'est brusquement levé, se dirigeant vers les toilettes et la cabine du bigo.

– Hé ! René, qu'il a fait au taulier, on peut te

taxer tes annuaires cinq minutes ?

On s'est réparti le boulot : par rue et par job. C'est moi qui me suis goinfré les photographes. Rien qu'à Paris y en avait un sacré paxon. Pourtant ça n'a pas été trop long. J'ai trouvé un S. Blonty qui pouvait bien être notre bonhomme.

— S comme Serge, ça colle.

— Ouais, t'as aussi Simon, Sacha ou Sylvain…

— Ou Steve si c'est un amerloque.

— Bon, bon… Il crèche où, ce gus ?

— 24, rue d'Armantière dans le XXe.

Dave finit sa bière d'une traite et reposa bruyamment sa chope.

— On y va ?

Il nous prenait un peu de court.

— Maintenant ?

Il s'était déjà levé.

— Vous préférerez attendre ? Attendre quoi ? Si ce mec lui a fait je ne sais quoi… S'il la retient ou un truc comme ça, vaut mieux pas traîner, non ?

Je sentais Vince pas si chaud.

— Et sur place on fera quoi ? Sûr qu'à cette heure sa boutique est fermée, alors qu'est-ce qu'on fait ? Pour entrer, on enfonce la porte ? On pète la vitrine ? D'habitude, c'est plutôt les flics qui interviennent, non ?

— Et on leur dit quoi aux flics pour qu'ils aillent voir ?

— Qu'une copine n'est pas venue à notre concert ?

— On n'est pas des parents. On ne sait même pas où elle crèche.

— Même toi ?

Il n'a pas relevé.

— Ils vont tout juste rigoler, ouais. Après tout elle est libre de faire ce qu'elle veut, hein…

C'est alors que le bout d'idée qui me trottait dans la tête m'est d'un coup revenu, façon morceau de puzzle manquant.

— Les flics ! Les flics ce soir qui étaient au Golf !… Vous les avez vus ?

— Les deux vieux, au bar ? Sûr ! Ça aurait été difficile de pas les voir !

— Et vous savez pourquoi ils étaient là ?

— Non…

Près de son comptoir, René gardait toujours un paquet de magazines et de vieux journaux. J'ai été fouiller là-dedans. Le France-soir *que j'avais vu la semaine dernière était toujours sous la pile, et la photo de la fille que j'avais repérée s'étalait toujours sur la une. « Marion Laroche » qu'elle s'appelait, une petite mignonne avec une grande mèche blonde et des petites boucles d'oreilles en cœur. Elle avait un petit quelque chose de Betty, d'ailleurs. C'est peut-être pour ça que la photo m'avait frappé…*

Mes deux comparses se sont planté le pif devant le journal.

— C'est elle qu'ils recherchent ?

— Elle et une autre.

— Mais pourquoi au Golf ?

— J'en sais rien. Parce qu'elles devaient y aller,

tout simplement.

Je récupérai le journal pour le remettre derrière le comptoir.

— Elle vous rappelait personne la fille ?

— Un peu Betty, oui, c'est ça que tu veux dire ?

Vincent semblait, lui, avoir brusquement tilté.

— Tu veux dire que Betty aurait disparu comme cette fille, ces filles ? Que ce serait la même histoire d'enlèvement ou un truc du genre ?

Dave se leva à nouveau.

— Bon. Ben raison de plus pour pas traîner ! On y va ?

On y a été…

La rue d'Armantière n'était en fait qu'une ruelle sombre et mal pavée située derrière le Père-Lachaise. On aurait dit une impasse, mais non : au bout, elle faisait un coude et se continuait. On a garé la Simca à l'entrée un peu plus loin. On s'est approchés. De vrais cow-boys, qu'on était : sans outils, sans armes, juste mon cran dans la fouille. Ce qui était bizarre, c'est qu'il n'y avait pas l'ombre d'une boutique dans les parages. Où pouvait-il être, ce foutu photographe ?

On a repéré le numéro 24. C'était un petit immeuble mochasse. À côté y avait un mur assez haut avec un portail en métal au bas rouillé.

Ça devait correspondre à une cour. On a décidé d'y jeter un œil. On a fait la courte échelle à Dave qui était le plus grand et, de l'intérieur, il a débloqué le bas de la porte.

C'était bien une cour, pavée elle aussi. D'un côté

c'était l'immeuble, de l'autre une petite baraque, un peu comme celle qui me servait de piaule, mais en nettement plus grande. Un escalier menait directement à l'étage. En haut une porte. Fermée évidemment. Mais avec ma lame, Dave a réussi à l'ouvrir. C'était bien un studio de photographe avec des grands dérouleurs de papier pour les décors, des sièges, des tabourets, des spots et tout un bordel de câbles et de fils. Sur le côté, toute une batterie d'armoires en métal et derrière elles, une petite pièce pour le développement et le tirage. Vince a fermé les rideaux qu'on ne repère pas la lumière et on a allumé. Ce qu'on cherchait? Difficile à dire précisément! Un indice du passage de Betty? Sans doute! En tout cas, il était clair qu'elle n'était pas là. Personne du reste ne vivait là. C'était juste un atelier, un studio, un endroit où on bosse.

Dave et Vince ont commencé à fouiller les armoires, moi j'ai jeté un œil dans la pièce de développement. Avec la lumière rouge, on n'y voyait pas grand-chose. Il y avait plusieurs négatifs qui avaient séché, suspendus à un fil. J'ai rapidement regardé. C'étaient des paysages, des baraques. Il y avait aussi des classeurs. J'ai feuilleté mais j'ai rien vu : ni filles ni portraits, toujours des bâtiments, des magasins, des trucs comme ça…

Dave et Vince non plus n'avaient rien trouvé. On allait repartir quand j'ai avisé une grande poubelle à l'entrée de la petite pièce. Dedans c'était tout un bordel de bouts de photos ratées et déchirées. J'y jetais un coup d'œil rapide, quand soudain…

15

Morlaine terminait d'enregistrer la déposition de la jeune Chancel, la fille qui avait bavardé avec une des disparues, et Raffini debout à ses côtés consultait sa montre. Ils avaient convenu avec Mével de se retrouver à midi trente Chez Raoul. C'est bon, il avait encore bien le temps. Le téléphone sonna. C'était le standard :

— Commissaire. Il y a quelqu'un pour vous.

— Qui ça ? Quelqu'un qui a rendez-vous ?

— Non. C'est un jeune…

La voix du réceptionniste se fit plus discrète :

— Il a l'air tout excité, il ne tient pas en place…

— Il a dit pourquoi il est là ?

— Il dit que c'est au sujet des disparues…

Raffini soupira :

— C'est bon. Dites à Gauthier de le faire monter…

Laissant Morlaine à sa déposition, Raffini regagna son propre bureau et se laissa lourdement retomber dans son fauteuil. Son estomac gargouillait. Il jeta un dernier coup d'œil à sa montre. Un quart d'heure, pas une minute de plus !

Des pas dans le couloir annoncèrent une visite. Des voix aussi. Gauthier semblait avoir des mots avec le visiteur. Ça parlait fort, ça gueulait quasi ! La porte s'ouvrit soudain. Le sergent tenait par le bras un jeune type surexcité.

— Du calme, voyons ! Du calme !

Raffini s'était levé.

— C'est vous Raffini ? s'exclama le visiteur.

Puis :

— Oui, je vous reconnais. Vous étiez au Golf hier soir. Vous parliez avec Leproux, le patron…

Raffini se rassit, désignant du geste le siège en face de son bureau.

— C'est bon, Gauthier, vous pouvez y aller.

Mais avant de repartir, Gauthier vint poser un objet sur le sous-main du bureau : un petit objet oblong de chrome et de nacre.

— Un couteau ?

— Ce jeune monsieur l'avait dans la poche. Il l'a sorti et… et j'ai jugé prudent de lui confisquer… Raffini appuya sur le déclic faisant jaillir la lame.

— Vous avez bien fait, Gauthier. Je vous remercie.

Le sergent regagna le couloir. Le commissaire jouait toujours avec le couteau.

— Vous vous promenez toujours avec ça dans votre poche ?

Le jeune homme semblait hésiter.

— Je… oui. En fait je l'ai toujours avec moi. On sait jamais…

— On ne sait jamais quoi ?

— Eh bien, ce qui peut se passer… Si on se fait attaquer…

— Et vous vous faites souvent attaquer ?

— Souvent, non, mais c'est arrivé…

Raffini posa le couteau et se cala le dos contre le dossier de son fauteuil.

— Eh bien, dites-moi ce qui vous amène. Vous avez demandé à me voir, c'est bien ça ?

— Oui. C'est rapport à cette histoire de...

Le commissaire l'interrompit :

— Commençons pas le commencement : puis-je vous demander votre nom si ce n'est pas indiscret ?

Le garçon glissa la main dans son blouson, sans doute pour en extraire ses papiers d'identité. Raffini l'interrompit d'un geste :

— On verra ça plus tard. Qui êtes-vous ?

— Dubreuil. Jean-Louis Dubreuil. Mais on dit John. C'est mon nom de scène.

— Vous faites de la scène ?

— Oui, on joue avec des copains. On devait jouer hier soir au Golf justement. Je suis batteur. Notre groupe, c'est Betty et les Sioux. Mais justement Betty n'est pas venue. Elle a disparu...

— Hum !

Raffini retira le capuchon de son Visor Pen et entreprit de prendre quelques notes sur un carnet.

— Disparue depuis combien de temps ? Hier soir ?

— Non. Je ne sais pas exactement. Semble-t-il, il y a trois jours... Avant-hier on faisait répète... Je veux dire une répétition, et elle n'est pas venue. Je pense qu'elle avait déjà disparu... Elle savait que c'était important qu'on se prépare. Si elle n'est pas venue, c'est qu'il y avait un problème. Un truc sérieux.

— Et selon vous, qu'est-ce que pourrait être ce

« truc sérieux » ?

Assis face au bureau, très droit sur sa chaise, le garçon fixait Raffini, la mâchoire serrée, grave.

— Un enlèvement. Quelque chose comme ça.

— Qu'est-ce qui vous fait penser à ça ?

— Je vous l'ai dit : jamais elle n'aurait raté notre passage d'hier. Se produire au Golf, on en rêvait tous…

L'estomac de Raffini gargouillait toujours et le quart d'heure accordé était largement entamé, mais il poursuivit :

— À quoi ressemble-t-elle, votre amie disparue ?

Le visiteur sortit une photo de sa poche. C'était une carte postale représentant un groupe d'adolescents. Deux brandissaient des guitares électriques, le troisième, en qui le commissaire reconnut son visiteur, agitait des baguettes. Au premier plan, une jeune femme en tenue panthère rejetait en arrière une abondante crinière tout en semblant hurler dans un microphone.

— La coiffure, c'était plus la même, commenta John, le fameux batteur. Elle se les était fait couper et colorer en blond. Un peu comme les filles que vous recherchez…

Nous y voilà, pensa Raffini, une troisième cliente ? Il fouilla dans son tiroir pour en sortir un épais dossier. Sur le dessus s'étalaient les clichés des deux disparues tels qu'ils avaient été reproduits dans la presse. Il les présenta au garçon.

— Oh, je les connais, ces photos ! C'est justement

pour ça que je suis venu vous voir !

— Comment s'appelle-t-elle, déjà, votre amie chanteuse ?

— Betty... Enfin, c'est son nom dans le groupe. Sinon c'est Nadine Duroc.

— Et avec sa nouvelle coiffure, elle ressemblait à ces deux filles ?

Le garçon leur jeta un dernier coup d'œil.

— Oui. Pas mal, quand même. Surtout celle aux boucles d'oreilles.

Le commissaire interrompit d'un geste son visiteur et décrocha son téléphone :

— Gérard ? Oui... Dis donc, j'ai un petit contretemps. On peut décaler un petit peu ? Plutôt 13 heures, oui ? Tu peux appeler Raoul pour prévenir ?

Il reposa le combiné.

— Je vous écoute, jeune homme... Où en étions-nous déjà ? Oui... La ressemblance entre votre amie et les disparues... Principalement grâce à cette nouvelle coiffure... Sylvie Vartan ? C'est comme ça qu'on l'appelle ?

— La coiffure ? Oh ! j'en sais rien. Tout ça, c'est des trucs de filles. Oui, un peu dans le genre de Sylvie Vartan, si on veut...

— Mais, reprit le commissaire, êtes-vous entré en contact avec ses proches... ses autres proches je veux dire : sa famille, ses collègues de boulot... Qu'est-ce qu'elle fait comme travail au fait ?

John dut en convenir : il n'en savait rien. Pas plus

qu'il ne connaissait sa famille, ni même l'endroit où elle habitait.

Un instant Raffini eut l'impression que ce garçon lui faisait perdre son temps pour rien. Il était au bord de le congédier quand celui-ci, fouillant une nouvelle fois son blouson, en sortit un document déchiré. C'était un morceau de photo. Un cliché noir et blanc d'assez grand format, figurant à l'évidence une femme blonde, mais dont ne subsistaient que la tempe, l'oreille et une partie des cheveux.

— Qu'est-ce que c'est ? interrogea perplexe le commissaire. Qui est-ce ?

— La boucle d'oreille avec le petit cœur ne vous rappelle rien ? répliqua le garçon.

Les photos des disparues étaient encore là sur le buvard du protège-bureau. Raffini se saisit du portrait de Marion.

— Nom de Dieu ! lâcha-t-il, tu la sors d'où cette photo ?

John ne se froissa pas du brusque tutoiement.

— D'une corbeille à papier. La corbeille d'un photographe. Un mec qui avait proposé à Betty de la photographier. On dirait que ça vous rappelle quelque chose…

— Explique !

John se mit donc en devoir de raconter leur expédition nocturne de la veille. Le commissaire n'en croyait pas ses oreilles.

— Et tu viens me raconter à moi, commissaire à la PJ, que vous êtes entrés par effraction chez un particulier en enjambant un mur et en fracturant une serrure ?

— Ouais... avoua le gamin, on cherchait Betty. On pensait qu'elle était peut-être là. Qu'il la retenait prisonnière...

— Mais Bon Dieu, vous vous rendez compte du risque que vous preniez ? Et si votre gars avait été là ? S'il s'était senti attaqué et qu'il vous avait tiré dessus ? Bon sang, c'est à la police d'intervenir, pas à n'importe qui !

— Si on vous l'avait demandé, vous seriez intervenu ?

— J'en sais rien. Peut-être, oui.

Raffini observait le fragment de photographie figurant l'oreille et le petit cœur.

John continuait :

— Mais ça, c'est chez ce type que je l'ai trouvée. Fallait bien qu'on y soit entrés pour que je la trouve. Et si je l'avais pas trouvée, vous ne m'auriez pas cru !

Il y a du juste dans ce qu'il dit, dut en convenir Raffini.

— Comment s'appelle-t-il, le photographe ?

— Serge Blonty.

— L'adresse ?

— Rue d'Armantière. C'est dans le XXe. Derrière le cimetière du Père-Lachaise.

Raffini avait décroché son téléphone :

— Evrard ? Raffini. Tu remues le sommier. Il me faut tout sur un certain Serge Blonty. Avec un Y, oui.

Photographe ou soi-disant. Et fissa, hein ?

Il se tourna vers Jean-Louis :

— Vous, vous allez m'attendre. Réquisitionné, oui. J'ai besoin de vous. Vous m'accompagnez.

John se leva à son tour.

— Quand ça ? Cet après-midi ? Mais je bosse !

— Prenez le téléphone et appelez votre patron. Expliquez-lui.

— Et puis il est midi. Faut que je mange…

— Le Sergent va aller vous chercher un sandwich. Jambon beurre, ça vous va ?

Le commissaire était repassé au vouvoiement et John commençait à accepter sa nouvelle situation.

— Une bière, c'est possible ?

Parmi la foule compacte et bruyante, les vapeurs de cuisine et la fumée de Chez Raoul, Raffini se frayait un chemin vers la table qu'occupait déjà son ami Mével. Les places étaient aussi étroites que rares et le commissaire eut grand mal à se glisser sur la chaise libre face à son collègue.

Le Raoul précisément surgissait, calepin en main, crayon à l'oreille.

— Salut, commissaire ! Z'êtes bien tard aujourd'hui ! Gros boulot ?

— Ça, vous pouvez le dire !

— En plat du jour, entrecôte pommes frites, ça vous va ?

— Super ! Et grosse, l'entrecôte ! Faut que je prenne des forces !

Nouant sa large serviette à carreaux, il compléta à

l'adresse de son ami :

— On attend d'une minute à l'autre une commission rogatoire. Avec Grand-Cateau cet après-midi on joue les cow-boys, on monte à l'assaut !

16

Serge Blonty n'avait peut-être que vingt et un ans, mais déjà deux condamnations au compteur : proxénétisme et diffusion d'images pédopornographiques. Neuf mois de prison, dont six avec sursis, et trois exécutés à la Santé…

C'est ce que Raffini expliquait à son jeune voisin, Jean-Louis, dit John, à l'arrière de la Traction les emmenant dans le XXe.

— Ce Serge est ce qu'on appelle un « hameçon ». Les Américains disent « *loverboys* » : des types jeunes, bien faits de leur personne qui vont jouer les play-boys et séduire de jeunes filles, de jeunes femmes, qu'ils attireront dans des réseaux criminels…

— C'est quoi ces réseaux ?

— Prostitution la plupart du temps…

— Et vous croyez que Betty ?...

— Je ne crois rien, mon pauvre ami. J'essaye de deviner.

La Traction se gara le long du trottoir. La rue d'Armantière s'ouvrait juste devant, sur leur gauche. Morlaine coupa le contact. Leroy ouvrit sa portière, imité par les trois autres occupants. Derrière eux une seconde Traction s'immobilisait. Grand-Cateau et son adjoint Dabezac s'en extrayaient. Encore derrière, c'était un fourgon Renault d'où surgirent trois sergents de ville. Les deux commissaires n'avaient pas exclu la possibilité d'une arrestation difficile si l'individu opposait une résistance physique, voire armée, aux forces de l'ordre…

La rue d'Armantière était aussi déserte de jour que de nuit. Pas une voiture, pas un piéton, pas une voix. Juste, quelque part, les aboiements d'un chien et plus près, les stridences de scies d'une menuiserie, creusant leurs sillages dans l'isorel ou le contreplaqué.

John désigna le 24. Une plaque sur un mur, contre un immeuble. Mais l'immeuble c'était le 26. Le 24, c'était donc ici. Juste ce mur aveugle fendu d'un double vantail mi-bleu mi-rouille.

— C'est là, oui, précisa John. Dave a grimpé sur le mur. On lui a fait la courte échelle. Il nous a ouvert de l'intérieur.

Les policiers observaient le portail. Ni raison sociale, ni sonnette, ni boîte aux lettres. Rien. Par principe, Dabezac, l'adjoint de Grand-Cateau, un gaillard d'un bon mètre quatre-vingts, ébranla la tôle d'un poing solide.

— Police ! gueula-t-il à deux ou trois reprises.

Faute de réponse, il bondit vers le haut du portail, réussissant à en saisir l'extrémité du bout des phalanges. Puis à se hisser. Un vrai costaud en effet. Comme l'avait fait Dave quelques heures auparavant, il souleva le verrou de sol, libérant les deux battants.

Les policiers entrèrent, observant les lieux avec circonspection.

— Hé ! s'exclama Raffini, désignant la voiture garée contre le flanc de l'immeuble.

C'était un joli petit coupé Floride beige, l'exact pendant de celui décrit par la jeune Marianne, l'amie de Marion ; la voiture vers laquelle elle avait vu sa copine se diriger en compagnie de ce mystérieux bel ami.

Il n'eut pas le temps de s'appesantir. À l'étage du bâtiment côté gauche, une silhouette venait d'apparaître pour aussitôt disparaître.

— Vite ! cria le Curé, enjambant déjà les premières marches de l'escalier de béton menant à l'étage. La porte métallique, dont la serrure avait été forcée la nuit même, était bien sûr ouverte. Ils pénétrèrent dans le bâtiment. Mais l'endroit semblait désert.

— Police ! crièrent simultanément Raffini et Grand-Cateau.

Pas de réponse.

— Serge Blonty ! On sait que vous êtes là ! Vous êtes en état d'arrestation ! Rendez-vous !

— On n'a pas rêvé. On a bien vu quelqu'un…

— Bon sang, où est-il passé ? s'inquiéta le Curé. Est-ce qu'il y aurait une autre issue ?

— Dans ce genre de baraque, ça m'étonnerait !

John désigna silencieusement la porte fermant la petite pièce dévolue au développement des films et au tirage des épreuves.

Raffini répondit d'un hochement de tête. Prudemment il sortit son arme de service. Grand-Cateau avait également dégainé son 9mm.

Les autres policiers s'étaient placés en arc de cercle à une certaine distance. Raffini frappa à la porte.

— Blonty, vous êtes là ?

On entendit un bruit de chaise.

— Il est là !

— Blonty, police ! Sortez les mains en l'air !

Raffini interpella John resté en retrait :

— Vous êtes sûr qu'il n'y a pas d'autre issue ?

— En tout cas j'ai rien vu.

Le policier haussa le sourcil. S'il n'y avait pas d'issue, pourquoi diable s'y enfermer ? Ce type n'était pas stupide au point de croire que personne n'aurait l'idée d'ouvrir cette porte !

— Blonty, sortez immédiatement ou on enfonce la porte !

À nouveau un bruit de chaise. Puis une voix fatiguée, lasse, qui répondait :

— J'arrive. C'est pas la peine de tout casser.

La porte en effet s'ouvrit et l'homme apparut.

C'était bien lui, Serge Blonty, tel qu'il figurait sur les photos anthropométriques transmises par le sommier.

— Mains en l'air ! gueula Grand-Cateau.

Il obtempéra lentement.

— Oh, la vache ! Vous avez sorti toute l'artillerie ! ricana-t-il en découvrant les revolvers des deux policiers.

Le Curé se tourna vers Dabezac :

— Fouille-le et passe-lui les bracelets.

L'homme se laissa faire sans opposer de résistance.

— Qu'est-ce que vous cherchez ? J'ai pas d'armes, vous voyez bien…

— Emmenez-le au dépôt, fit Raffini aux deux sergents de ville, et pas de blague, hein ? Ce monsieur est du genre roublard !

— Allons, se plaignit l'intéressé, déjà j'aimerais savoir ce qu'on me reproche.

— Car bien sûr, tu n'as rien à te reprocher, ricana Grand-Cateau, blanc comme l'agneau qui vient de naître ! On en reparlera tout à l'heure !

— En attendant, fouillez-moi tout ça, ordonna Raffini à ses subordonnés.

Le fourgon avait emmené Blonty, et depuis plus d'une heure les policiers remuaient tout le fourbi du labo. Ils avaient inspecté la fameuse corbeille à papier où John avait trouvé le fragment de photo. Malheureusement le reste du puzzle ne s'y trouvait pas. Tout y était passé : les tiroirs du bureau, les meubles de rangement de matériel, les armoires à négatifs. Rien. Peau de zèbre !

Raffini pensait pourtant à quelque chose. Se sentant attrapé ou en passe de l'être, pourquoi le lascar s'était-il enfermé dans la petite pièce ? Pour s'y cacher ? Idiot ! Pour détruire quelque chose ? Quelque preuve, quelque cliché ou négatif compromettant ? Possible…

Mais alors qu'en avait-il fait ? S'il avait brûlé des documents, ça aurait senti le cramé. S'il les avait déchiquetés, on en aurait trouvé les morceaux.

À moins que… Bien sûr, c'était ça ! Il y avait à l'évidence une planque dans la pièce. Une cache. Un endroit secret où il dissimulait ce qu'il valait mieux qu'on ne trouve pas. Or justement, jusqu'à présent les policiers n'avaient rien trouvé. Pas même de simples photos dites « de charme » telles qu'en reproduisent certains magazines : des immeubles, des maisons, des paysages, des photos de noces ou de communions, oui, mais pas l'ombre d'une pin-up ou d'une fille dévêtue ! Raffini n'arrivait pas à croire qu'en si peu de temps le bonhomme se soit à ce point amendé !...

Grand-Cateau et Dabezac amenèrent deux spots dans la petite pièce. Une lumière violente inonda l'endroit. Tous se mirent à chercher. C'est Morlaine qui découvrit la planque. Ils étaient en quête d'une ouverture relativement modeste. C'était en fait la totalité du mur du fond qui pivotait, dissimulant plusieurs classeurs métalliques, trois caisses de whisky, et même un petit coffre-fort posé à même le sol.

Ils se partagèrent la fouille des armoires. Les photos, cette fois, étaient d'un tout autre genre. Du pornographique et du vrai ! Certaines femmes avaient bien sûr l'âge d'avoir donné un consentement légal à la prise des clichés, d'autres par contre semblaient singulièrement jeunes…

— Majeures ? Celles-là, ça m'étonnerait, fit Dabezac, jetant dans le bac à développement une poignée de clichés figurant des jeunes filles exhibant leurs fessiers et leurs parties intimes…

Dans l'immédiat, ce n'est pourtant pas cela qu'ils cherchaient. Pas exactement. Ils cherchaient la preuve du passage peut-être dans ces lieux, et entre les pattes de ce type peu ragoûtant, de Marion, Danièle et sans doute de cette Nadine-Betty. Ils épluchèrent par le détail des centaines d'albums et des milliers de photos, et même si quelques modèles entretenaient des ressemblances avec les disparues, rien de manifeste n'apparut.

— Il les a peut-être détruites ? Je veux dire, les photos de ces trois filles…

— Si photos il y eut. Après tout, rien ne prouve qu'il les ait embarquées pour les photographier.

— Au moins celle aux boucles d'oreilles y a eu droit, corrigea Grand-Cateau.

— C'est vrai, reconnut Raffini, mais en attendant on n'a rien trouvé !

— Pour le faire tomber, tu crois pas que ça, c'est suffisant ?

Le Curé embrassait du regard la pyramide de dossiers et de classeurs entassés sur la paillasse.

— Pour le mettre au frais sans doute. Mais pour retrouver les filles, on n'avance pas d'un poil.

L'expression fit pouffer de rire le jeune Leroy. Parce que question poils… John lui jeta un regard noir. Les autres l'ignorèrent.

S'approchant du cendrier dans lequel Dabezac avait déposé les résultats de la fouille du photographe, Raffini s'empara d'un porte-clés.

— Je jette un coup d'œil à la voiture, fit-il, redescendant d'un pas rapide la volée de marches de l'escalier, Morlaine sur les talons. Je commence par l'intérieur, commenta-t-il tout en ouvrant la portière du conducteur. (Il tendit une clé à son adjoint.) Vous, occupez-vous du coffre. Mais attention aux empreintes, hein ?

Ils se mirent tous les deux en chasse d'indices. Si la petite Marion était bel et bien montée dans cette voiture, comme semblait l'avoir vu sa camarade, était-il possible qu'elle n'ait laissé aucune trace de son passage ?

Pendant ce temps, Serge attendait sagement dans sa cellule. Les gardes à vue, il connaissait. Sûr qu'il allait être tout gentil et tout sage.

Et sortir rapidement. Comme la procédure lui en donnait le droit, il demanda à appeler un défenseur. Le magistrat, qui au même moment consultait les dossiers de prévenus en attente, tendit l'oreille. Ce petit délinquant à trois sous ne venait-il pas de demander une communication avec Me Delbœuf, l'un des avocats les plus renommés de la capitale, l'un de ceux qu'on appelle les « ténors du barreau » ?

— Oui, maître, grinchait le photographe, j'ai été arrêté. En ce moment, je suis en garde à vue !

Ce à quoi une tonitruante voix de basse lui répondit :

— Pas de problème, mon petit Serge, je m'en occupe. J'arrive !

17

John n'allait pas bien. Et Jean-Louis non plus. Le blues, le bourdon, la déprime, un truc gris et filasse qui colle et enveloppe, comme des nuages un jour de pluie. Ces nuages-là, il les avait connus tôt. Quand son père était parti, au petit matin, sans faire de bruit, en retenant la porte pour qu'elle ne claque pas. Avec sa petite valise verte en carton, son rasoir et ses caleçons. En fait non, ça, il se l'était inventé : son père, il ne l'avait jamais connu. Mais c'est comme ça qu'il se jouait la scène. Alors ensuite jusqu'à l'infini, une succession de jours gris : l'appart minuscule avec la vue sur la cour et les boîtes à ordures, maman et ses bas tire-bouchonnés tombant sur les pantoufles, Roland et son haleine aillée et ses rots, les instits, les profs, le gros psy à bretelles… Tout ça jusqu'à la rencontre de Nadine…

Et voilà que Nadine avait disparu. D'un coup tout s'effondrait. Même ce putain de groupe. Dave et Vince n'avaient plus donné signe. Alors après le boulot, John restait allongé à fumer en écoutant des disques. *Lonely* d'Eddie Cochran ou *All Alone Am I* de Brenda Lee que Dave venait de ramener d'Angleterre.

Il remettait celui-ci une troisième fois sur le plateau du Teppaz quand la porte brusquement s'ouvrit. C'était Vince. Il se laissa tomber dans le vieux fauteuil près de la batterie. Il avait une sale tête. Cernes et yeux rougis. Avait-il pleuré ?

— Alors, demanda-t-il d'une voix pâteuse.

S'il n'avait pas pleuré, en tout cas il avait bu !

— Alors quoi ? maugréa John.

— Ton truc chez les flics. Ça s'est passé comment ?

— Qu'est-ce que tu veux que je te dise ? Ça s'est passé, c'est tout. J'ai dit ce que je savais. Ensuite ils m'ont emmené avec eux rue d'Armantière, chez le photographe.

— Ils ont trouvé le reste de la photo ?

— Non. Mais des tonnes de trucs pornos. Ils l'ont embarqué.

— Et Nadine ?

— Rien. Les flics m'ont dit qu'elle avait sans doute été prise dans un réseau de prostitution.

— Oh, merde !

— Ouais, on peut le dire ! Ils ont lancé un avis de recherche comme pour les autres filles. Ils ont aussi contacté ses parents.

— Elle en a donc !

— Ouais. Je les ai vus. En sortant de chez les flics, on a été boire un café. Ils étaient dans un sale état. Ils voulaient que je leur dise tout ce que je savais d'elle. Si j'étais son petit ami, tout ça… Ils n'étaient pas au courant qu'elle chantait… Des gens gentils. Je ne sais pas pourquoi elle n'en parlait jamais…

Vince tendit la main vers les Royales.

— Je peux te prendre une tige ?

— Ouais…

— T'as quand même été gonflé d'aller voir les flics !

— Il le fallait, non ?

— Et tu leur as dit qu'on avait été chez le photographe ?

— Bien sûr, oui. C'est pour ça qu'il a fallu que j'y retourne avec eux !

— Qu'on avait crocheté la serrure ?

— Avec mon schlass, oui.

— Ils t'ont pas fait d'emmerdes ?

— Non. Le flic principal, le commissaire, celui que j'ai vu, était plutôt sympa. Les autres flics m'avaient taxé mon cran, mais il me l'a rendu…

John se leva et ouvrit la fenêtre. Il attrapa deux canettes.

— Une bière ?

— Oui, je veux bien.

Vince fixait sa canette sans la voir.

— Et maintenant, qu'est-ce qu'on va faire ?

— Faire quoi ?

— Ben… Rapport à Betty et au groupe. S'ils ne la retrouvent pas…

John ne répondit pas. D'abord : répondre quoi ?

Dehors, ça tombait depuis ce matin. La pluie faisait des plic-ploc dans la cuvette sous la gouttière et sur le couvercle des poubelles, dessinant des dégoulinures sombres sur le mur crasseux de la cour de l'immeuble…

*

Quai des Orfèvres, Raffini regardait lui aussi la pluie tomber. En contrebas sur les quais, les touristes avaient disparu et les corolles noires de rares parapluies fuyaient à grande vitesse. En soupirant, il abandonna sa fenêtre pour son bureau. Sur celui-ci s'étalait, outre les photos des disparues, un ensemble de carnets. La totalité des photos récupérées chez le photographe avait été confiée à l'équipe de Grand-Cateau. À celle-ci de vérifier une fois encore que les trois filles n'y apparaissaient pas et de tenter d'identifier les modèles. Raffini avait pour sa part pris en charge les documents comptables, les registres et les carnets, dissimulés dans la pièce de développement. Le laboratoire de la PJ avait de son côté travaillé sur la Floride. Ils y avaient notamment prélevé plusieurs cheveux blonds qui semblaient avoir appartenu à la jeune Marion. Un autre trouvé dans le coffre correspondait à une personne différente : il était plus court et décoloré. Sa propriétaire avait à l'origine des cheveux châtain clair qu'elle avait fait teindre en blond…

Raffini avait encore sous les yeux la carte postale figurant « Betty et les Sioux ». Or la jeune panthère au premier plan était indubitablement brune. Se pouvait-il que ce cheveu lui ait appartenu et qu'elle ait fait un voyage aussi inconfortable qu'involontaire dans la petite malle arrière de la Renault ?

L'œil toujours sur la carte postale, le commissaire

songeait au jeune batteur, ce Jean-Louis-John dont le témoignage avait soudainement accéléré l'enquête... Un curieux garçon en vérité. Sympathique et attachant malgré son côté jeune voyou ! Et son fichu couteau à cran d'arrêt qu'au final il lui avait restitué, lui suggérant juste de le ranger dans un tiroir de commode pour un usage exclusif de coupe-papier.

Au retour de la perquisition rue d'Armantière, ils avaient un peu bavardé. Le garçon lui avait raconté succinctement sa rencontre avec la fille et la constitution de leur petit orchestre. Visiblement il en était sacrément amoureux, de cette Betty ! Et même plus que ça : une passion doublée d'une reconnaissance énorme ! Ce genre de gosses généralement n'aime pas la police et a même tendance à la fuir ! Seul son attachement éperdu à la fille, et sans doute le sentiment d'avoir une grande dette envers elle, expliquait qu'il fût spontanément venu le trouver et proposer son aide...

Voilà pourquoi Raffini ne pouvait s'empêcher de ressentir de la sympathie à son égard. S'il avait lui-même eu un fils, lui aurait-il ressemblé ? Va savoir ! De toute façon le passé ayant été ce qu'il avait été, et son présent plutôt solitaire et morne, il ne semblait pas que le concept de paternité le concerne directement.

Abandonnant la contemplation nostalgique des photos, il se replongea dans l'étude des carnets.

Difficile du reste d'en tirer grand-chose. Certes, ils n'étaient pas codés mais toutefois elliptiques de noms propres : juste des prénoms ou des initiales, et bien sûr des numéros de téléphone. Des chiffres également. En francs certainement. Le prix qu'il revendait ses clichés ? Ou directement les filles enlevées ?

Curieusement, ce Serge avait une vie exemplaire. Ou plutôt pas de vie du tout. On ne lui avait trouvé ni parents, ni maîtresses, ni amis proches. Tout au plus quelques vagues relations, voisins ou rédacteurs des revues « légères » dans lesquelles il plaçait ses photos. Son logement : un petit deux-pièces impersonnel dans une résidence du XVe… Sa voiture ? La fameuse Floride. Sinon rien ! … Rien d'extraordinaire en tout cas. Ah, si ! songea Raffini, une chose quand même : ses rapports avec Me Delbœuf. Qu'est-ce qu'un petit minable comme lui pouvait avoir à faire avec un ténor du barreau, riche et réputé ?

On frappa à la porte. Son ami l'archiviste Mével pointa son long nez et son nœud papillon.

— Je te dérange ?

— Non, non, entre.

Le visiteur jeta un regard dubitatif sur le foutoir encombrant le bureau du commissaire.

— Toujours cette affaire de disparitions ?

— Eh oui, maugréa Raffini, et ça n'avance pas beaucoup.

Il se laissa aller contre le dossier de son fauteuil et

sortit ses Gauloises. Changeant brusquement de sujet, il interrogea :

— Et toi, ce mariage ? Ça se prépare ?

Mével haussa les épaules.

— Bah !... Il y a des moments, je suis au bord d'abandonner !

— Abandonner quoi ? Le mariage ?

— Mouais...

— Des problèmes avec la future ?

— Oh non ! Avec elle, tout se passe parfaitement. Mais les beaux-parents par contre...

Il sortit de sa poche ses propres cigarettes. Pall Mall. Monsieur préférait les « goûts américains ».

— Ils voient la cérémonie façon mariage royal. Leur fille et le duc de Windsor ! Et ça commence à me gonfler sérieusement.

— L'endroit est déjà choisi ?

— À ce qui semble, oui. Une sorte de gentilhommière dans la forêt de Saint-Germain.

— Qui leur appartient ?

— Ah non, pas du tout ! Aujourd'hui tout ça se loue : le château, les valets, le dîner, le champagne. Tu peux même avoir un orchestre et des danseuses !

— Je vois. Et qui paye, au fait ?

— Pardi, on partage ! Et comme mes parents ne sont hélas plus de ce monde, c'est le Gérard qui monte au créneau ! 100 000 francs au bas mot ! C'est pas que je sois spécialement radin, mais je trouve idiot de mettre tant d'argent dans une soirée. Une seule soirée !

— Oui, je comprends…

Mével, qui s'était posé une fesse sur le siège dévolu aux visiteurs, se releva prestement. L'évocation de cette onéreuse et fastidieuse soirée en devenir visiblement l'exaspérait.

— Bon, je te laisse. Faut que j'y retourne. C'était juste un petit coucou. Salut !

Raffini lui rendit son salut, mais au moment où il allait sortir, le commissaire le héla :

— Attends ! Une question : tu connais, toi, Me Delbœuf, l'avocat ?

Mével repoussa la porte laissée entrouverte.

— Pas personnellement, non. De réputation, comme tout le monde…

— Qu'est-ce que t'en penses ?

— De ce type, rien. Un grand orateur, je crois. Balaize dans son genre et qui a dû en sauver un petit paquet de la « veuve ».

— Intègre ?

— Qu'est-ce que tu veux dire ? Il se fait payer – et cher je crois – pour faire son job et sauver ses clients. Mais que ceux-là soient innocents ou coupables, ça ne doit pas lui donner d'états d'âme. De toute façon c'est pareil pour tous les avocats… Pourquoi tu me demandes ça ? Un rapport avec ton enquête ?

— Possible.

Raffini lui livra le sujet de ses dernières réflexions : l'étrange proximité que l'avocat semblait entretenir avec le petit photographe.

— Curieux en effet…

— Je peux te demander un service ? Si tu creusais un peu autour du bonhomme ? Dans tes archives, tu as peut-être des choses ?

— Peut-être, c'est possible…

Il tourna à nouveau la poignée de porte.

— OK ! Je regarde ça et je te dis… Affaires spectaculaires ? Clients inattendus ? Amitiés particulières ? Mini scandales ?

— Exactement, conclut Raffini. Toutes les occasions où la presse s'est intéressée à lui. Tout ça, je prends…

18

Les heures et les jours passaient. Les avis de recherche n'avaient toujours rien donné de probant. Les enquêtes piétinaient, et sur les conseils de Me Delbœuf, Serge jouait les grandes muettes lors des interrogatoires.

Mével avait établi une première liste des principaux clients et contacts de l'avocat. Grâce aux services des postes, Raffini avait fait traduire les numéros de téléphone du carnet de Serge Blonty en noms, prénoms ou raisons sociales. Maintenant il jouait à les superposer. Deux figuraient conjointement. Le premier concernait l'éditeur parisien Éric Losfeld que Delbœuf avait défendu l'année précédente lors d'un procès pour « outrage aux bonnes mœurs » concernant un roman dit « léger ». Comme la photo de couverture émanait du studio de Blonty, la piste semblait bien devoir s'arrêter là…

Le second contact commun pouvait être plus intéressant. Encore un client défendu par l'avocat, mais cette fois le lien avec l'activité du photographe semblait plus ténu. La Socem, en l'occurrence société « Clés en Main » spécialisée dans l'organisation d'événements privés et festifs. À en croire l'annonce publicitaire figurant dans l'annuaire, elle se proposait de trouver les lieux et d'organiser les soirées, en termes de menu, de boisson et de spectacle. D'un coup Raffini se remémora ce qu'avait dit Mével concernant l'organisation de son propre mariage, comme envisagé par la belle-famille. Était-ce une boutade quand il avait parlé de danseuses ? Si des musiciens étaient proposés, pourquoi pas des danseuses ? Des filles oui… Ces sociétés, comme la Socem, devaient éventuellement proposer des filles… Une piste surgissait…

La société « Clés en Main » avait ses bureaux à Courbevoie. Si le commissaire s'était attendu à quelque démonstration architecturale de prospérité et de faste, il ne pouvait qu'être déçu : un petit bâtiment à deux étages dans une cour. Deux dactylos penchées sur leurs machines, un graphiste à demi couché sur une vaste table à dessin, une réceptionniste qui grimpa prestement un petit escalier vétuste pour aller prévenir le patron de l'arrivée des policiers.

— Il vous attend. Montez.

Raffini et Morlaine obtempérèrent. Un homme les attendait sur le palier. Quarante ans, costume bien coupé, cheveux ras, le même nœud papillon que Gérard Mével, l'ami archiviste ! Il les guida vers son bureau.

— Eh bien, messieurs, de quoi s'agit-il ? En quoi puis-je vous être utile ?

Le commissaire ne finassa pas :

— Lors des soirées que vous organisez « clés en main », vous employez des jeunes filles, des jeunes femmes ?

— Bien sûr. Le service de table est assuré presque exclusivement par des femmes.

— Et au-delà du service de table ?

Les sourcils de leur hôte se froncèrent imperceptiblement.

— Pardon ?

— Je veux dire que vous ne proposez pas que les repas. En tout cas pas à chaque fois. Vous organisez aussi des spectacles. Donc avec des actrices, des danseuses…

— Oh ! je vous arrête tout de suite : je n'organise aucun spectacle. Je fais appel à des troupes professionnelles. Comme pour les repas eux-mêmes. Ce sont des traiteurs qui s'en chargent. Notre rôle est de coordonner l'ensemble : trouver les lieux, les traiteurs et les troupes.

Les policiers semblaient pour le moins déçus.

— Vous n'avez donc pas de contacts directs avec les différents intervenants ?

— Absolument aucun.

— Je peux ? (Raffini sortait son paquet de Gauloises. Il enchaîna.) Vous avez fait appel il y a deux ans à Me Delbœuf. Est-il indiscret de vous demander en quelles circonstances ?

— Non, pas du tout… Rien de bien extraordinaire en fait… C'était avant ces grandes affaires qui l'ont rendu célèbre… et inabordable ! À l'époque, il ne refusait rien et ses tarifs étaient encore praticables. J'ai fait appel à lui parce qu'un producteur m'avait attaqué. Un producteur de champagne qui m'avait refourgué une récolte proprement imbuvable.

J'avais dû m'en débarrasser et racheter la marchandise ailleurs. Bien sûr, j'avais refusé de le payer. Il m'avait attaqué en justice et voilà… Bien sûr, nous avons gagné…

Raffini écrasa le mégot de sa Gauloise dans le gros cendrier rouge frappé aux armes de la maison Dubonnet.

— Et Serge Blonty ? Le nom vous dit quelque chose ?

Pour toute réponse, son interlocuteur plongea la main dans un des tiroirs du bureau. Il tendit au commissaire un dépliant commercial.

— Photos Serge Blonty.

C'était un petit catalogue publicitaire d'une douzaine de pages figurant les différents lieux proposés pour d'éventuelles agapes, ainsi que des choix de menus et des listes de vins et d'alcools.

— Vous travaillez toujours avec lui ?

— Oh non ! Juste ce catalogue.

— Vous avez eu des problèmes ?

— Pourquoi me demandez-vous ça ? Il a fait des bêtises ?

— Ça y ressemble, oui. Et chez vous, que s'était-il passé ?

— Rien, en vérité. C'est juste que je devinais dans sa tête des choses qui ne me plaisaient pas… C'est drôle : tout à l'heure vous parliez de filles. C'était bien ce qui l'intéressait. Il s'était acoquiné avec un autre type. On m'a dit après que c'était un souteneur. En tout cas il en avait bien la tête… Leur idée à tous les deux, d'après ce que j'en ai compris, c'était de proposer des soirées comme celles que j'offrais, mais prolongées de parties fines avec des filles qu'ils auraient recrutées. Bien évidemment je les ai envoyés balader ! Nos rapports en sont restés là et je ne les ai jamais revus ni l'un ni l'autre.

Morlaine avait sorti son carnet et notait.

— L'autre type, celui à la tête de souteneur, vous vous souvenez de son nom ?

— Félix… Félix quelque chose…

Le stylo de Morlaine restait en suspens.

— C'est vague !

— Ah, si ! Serge et l'autre type avec lequel ils étaient passés l'appelaient « le Broc ». Ce devait être un surnom, mais…

*

« Le Broc » était bien connu des services de police. À la demande de Raffini, deux inspecteurs allèrent le cueillir au bar de la rue des Abbesses dont il avait fait son Q. G.

Félix Maranon, de son vrai nom, était ce jour-là de fort aimable humeur. Il suivit les deux policiers le sourire aux lèvres, leur demandant d'un ton enjoué ce qui lui valait cette sympathique petite balade en leur compagnie. Dans le bureau de Raffini, il tenta de garder bonne figure mais perdit néanmoins un peu de sa superbe. Outre le commissaire lui-même, son collègue Grand-Cateau, les inspecteurs

Morlaine, Simon et Dabezac lui faisaient face. Beaucoup pour un seul homme !

Pourtant il résista. À l'en croire, il n'avait pas revu le photographe depuis des lustres... Certes, ils avaient, à une certaine époque, envisagé des projets communs. Mais rien ne s'était réalisé. Le Serge était reparti à son job de photographe et lui de... disons un peu tout !

Faute d'éléments permettant une mise en examen, l'individu fut relâché. Dans la nuit qui suivit, il disparut. Sa DS 21 elle aussi s'était envolée. Et sans doute encore le petit magot qu'il devait tenir au chaud planqué sous l'oreiller ou plus sûrement sous une latte du parquet. Un avis fut aussitôt lancé, mais le bonhomme avait d'ores et déjà gagné la Belgique ou la Suisse, et la voiture resta introuvable. Munis d'un mandat de perquisition en bonne et due forme, Raffini et ses collègues passèrent son appartement au peigne fin. Ils ne trouvèrent rien.

Le seul élément leur fut donné par le concierge de l'immeuble, leur affirmant que M. Maranon quittait de temps à autre son appartement parisien pour sa maison près de Pithiviers ou de Montargis.

Une maison près de Pithiviers ? Dans le Loiret ? Ils n'avaient trouvé aucune trace de celle-ci parmi les papiers de l'individu dans son appartement. Ou bien était-il reçu chez des amis ? Ou bien séjournait-il à l'hôtel ? Certes, ils allaient s'y atteler, mais la tâche serait rude, façon quête de l'aiguille dans la meule de foin ! Hormis bien sûr quand on met le feu à cette dernière !

Raffini eut soudain une intuition : les parigots au profil de ce Félix n'aiment généralement pas trop la province. Qui plus est les petites villes dans des régions paumées. La cambrousse, les péquenots, les culs terreux – tels sont généralement les vocables qu'ils appliquent à nos riantes campagnes et leurs braves autochtones ! Qu'est-ce que ce merlan irait fricoter là-bas ? Pêche à la ligne ? Concours de boules ? Et si la descente en province, c'était pas pour les vacances mais pour le boulot ?

Poursuivant la même intuition, le commissaire retraversa la Seine, direction Courbevoie et les bureaux de la Socem.

— J'ai un service à vous demander. C'est important. La vie de jeunes filles est en danger.

Derrière le fauteuil de son interlocuteur, une grande carte de France était punaisée au mur. De petits drapeaux verts en coloraient principalement le nord et l'ouest. Raffini les observait.

— Ces petits drapeaux…

L'homme se retourna à demi :

— … correspondent aux principaux lieux que nous proposons à notre clientèle.

— Rien dans le Loiret ?

— Si, là-bas, à côté d'Orléans. On a une belle demeure XIXe.

— Et plus à l'est ? Dans le coin de Pithiviers ?

Le patron de la Socem fronça le sourcil.

— Non. Mais pourquoi ça ? Vous voulez organiser quelque chose par là-bas ?

— Peut-être… Et si c'était le cas, où pourrais-je aller ?

— Je ne vous suis pas…

— Si je voulais organiser des soirées comme les vôtres, quel lieu je pourrais trouver ?

Comme l'homme ne comprenait toujours pas où le commissaire voulait en venir, celui-ci lui expliqua brièvement la situation : la disparition soudaine du fameux Félix, et sa brusque intuition concernant ses allers-retours en province dans une région comprise – selon le concierge – entre Pithiviers et Montargis.

Son interlocuteur se tourna, frappant de l'index trois petits coups à la paroi de verre dépolie séparant son bureau du voisin. Quelques instants plus tard, un grand gaillard surgit.

— Vous m'avez appelé ?

— Tout à fait. Ce monsieur est de la police. Il recherche une maison ou un château comme ceux qu'on loue mais qui se situerait dans ce coin.

Il s'était tourné vers la carte et indiquait un périmètre entre la Loire et le Loing. L'arrivant se pencha. Son patron poursuivit :

— Tu as été par là en prospection l'an dernier. Tu n'avais rien vu ?

— Si, bien sûr, quelques trucs, mais…

Un souvenir soudain lui revint. Il leva les yeux de la carte.

— J'y repense. Le château du ministre ! Du Royer ! Souvenez-vous !

— Ça me dit vaguement quelque chose…

— J'avais été visiter, mais c'était trop cher. On avait laissé tomber. Un truc superbe. De toute façon je crois qu'il y en avait d'autres sur le coup...

Raffini quitta son siège pour s'approcher lui aussi de la carte.

— Quand vous dites : sur le coup, ça veut dire pour le louer comme vous faites et organiser des soirées ?

— C'est ce que j'avais cru comprendre...

— Et il est où exactement ?

— Ici (l'homme posa l'index sur la carte), à côté d'un petit patelin qui s'appelle Chevillon. C'est sur une hauteur près d'un bois. Le château de Tarcourt. Je crois vraiment qu'il appartient toujours au ministre...

— Tarcourt ?

19

Raffini avait garé la Traction sur le bord de la petite départementale. Abrités derrière un bosquet de noisetiers, ils avaient une vue presque d'ensemble sur le château. Derrière celui-ci la forêt s'étendait. Devant, quelques bâtiments annexes – garages ou écuries – dissimulaient une partie de la cour et des terrasses. Une belle bâtisse Louis XIII, construite de briques et de pierres, avec ses deux tourelles et son long toit en ardoise.

Ce matin même, avant leur départ, Raffini avait eu un entretien avec son chef hiérarchique, le commissaire principal Vercort. Depuis son appel de la veille pour le tenir au courant des dernières investigations, celui-ci s'était renseigné. Oui, le château de Tarcourt appartenait toujours à la famille Du Royer. Le ministre n'y avait pas mis les pieds depuis une éternité, mais son fils Maxime, administrateur de biens, s'y rendait régulièrement. Si ce que Raffini soupçonnait s'avérait juste, il allait falloir marcher sur des œufs ! Vercort avait mené sa petite enquête en toute discrétion. Il n'était certes pas honnête d'envisager de prévenir le ministre. Mais il n'était pas non plus très prudent de ne pas le faire !

— Allez sur place. Allez voir ce qu'il en est. Qu'on sache déjà sur quel pied danser. Si toute cette histoire semble sérieuse ou non. Si elle ne l'est pas, retour discret sans faire de vagues. Si elle l'est, eh bien…

Le principal se leva pour aller à sa fenêtre.

— Je connais le préfet… On était de la même promotion. Je pense qu'il donnera le feu vert… Le seul risque, c'est bien sûr qu'on saute tous… Lui, vous, moi… Mais bah ! il y a des moments, il faut foncer, quoi qu'il en coûte. Qu'en pensez-vous, Raffini ?

— Comme vous, monsieur.

— Bon. Alors, allez voir sur place. Je vais prévenir Grand-Cateau, qu'il soit prêt à vous rejoindre.

Il avait déjà regagné son bureau et baissait la tête sur son éphéméride.

— Nous sommes quel jour ? Jeudi ? Parfait.

Raffini sentait des picotements dans sa moustache.

— Leurs sauteries ont certainement lieu le week-end.

— Exact ! Mais n'en faisons pas trop ! En tout cas pour commencer. Notre objectif premier n'est pas de mettre la main sur tous les notables du coin mais de récupérer les filles.

— Si elles sont encore récupérables !

Vercort détourna le regard.

— Oui, si elles sont encore récupérables…

Raffini, debout devant la calandre de la Citroën, observait à la jumelle le château et ses alentours. Dans l'immédiat, tout était immobile et silencieux. Juste un coq chantait plus loin, en contrebas, près des berges du Loing.

— Alors ? interrogea Morlaine.

— Pour l'instant, rien. Et vous ? Vous avez trouvé quelque chose ?

L'adjoint du commissaire, toujours assis à l'avant de la Traction, avait déplié tant bien que mal sur ses genoux une carte d'état-major. Il était chargé de repérer toutes les voies d'accès au château afin de les bloquer en cas de nécessité.

— Juste ce chemin qui part sur la forêt. Un chemin de terre. Tout petit, sans doute difficile. Il traverse le bois et ressort près du hameau du Tertre. Il rejoint une petite route à peine plus large qui va vers Sainte-Croix.

— Bien. Rien d'autre ?

— A priori, non.

Sur le flanc du château, une petite porte s'était ouverte. Deux hommes sortaient des sacs en direction d'un des bâtiments. La porte se referma. Raffini abandonna ses jumelles.

— Bon, ce matin, ça m'étonnerait qu'on apprenne grand-chose de plus. Allons voir au village.

Face à l'église, une petite silhouette de bois découpée à l'effigie d'un marmiton proposait le menu du caboulot voisin.

— Rillettes, œufs mayo, petit salé, jarret de porc… Qu'en pensez-vous, Morlaine ?

Morlaine n'en pensant que du bien, ils poussèrent la porte de l'établissement. « Chez Jeanne », s'appelait-il. Jeanne n'était sans doute plus toute jeune, mais elle affichait un joli petit museau ridé tout en sourire. Elle plaça les deux hommes à une petite table restée libre près de la fenêtre. La salle était bien remplie. Près d'eux une vieille femme mangeait seule. Sur leur droite, quatre hommes dans la force de l'âge, ayant perdu en cheveux ce qu'ils avaient gagné en ventre, faisaient honneur aux menus et aux litres étoilés, parlant fort et riant.

Raffini et Morlaine avaient fait leur choix ; la patronne vint prendre leurs commandes.

— Donc, deux rillettes, un jarret et une entrecôte ?

— C'est cela. Qu'est-ce que vous avez comme vin ?

— On a un petit vin local qui est très bien. Un vin de soif comme on dit. Pas trop titré mais très fruité.

— Va pour le vin de soif ! conclut Raffini.

Quand la Jeanne, quelques minutes plus tard, apporta le pot de rillettes et le bocal de cornichons, le commissaire se lança :

— Dites donc, vous avez un beau château, juste à côté. On l'a vu en passant. Il se visite ?

— Ah, non ! répondit la bonne dame. Il est toujours occupé. Il appartient à la famille Du Royer, le ministre…

— Eh bé ! lâcha Raffini qui prenait toujours grand plaisir à jouer les idiots. Donc, pas de visite ? J'avais pourtant cru…

La femme à la table voisine intervint :

— Des visites, sûr qu'il y en a, mais pas pour tout le monde !

Le commissaire tourna la tête :

— Comment ça ? Des visites privées ?

Elle répondit en reprenant son repas :

— Très privées !

L'un des gars de la table à côté, qui avait entendu l'échange, ajouta :

— Sûr que certains week-ends, ça s'amuse bien là-bas !

Un autre compléta :

— La java, oui !

Raffini faisait l'ahuri. Celui qui ne comprend vite que si on lui explique longuement.

— Ils font des fêtes ?

— On peut dire ça comme ça. D'autres diraient plutôt lupanar et partouzes.

— Oh !

— Comme je vous le dis. N'est-ce pas, madame Jeanne ?

Mais l'intéressée préférait ne pas se mêler de ça. Elle repartait vers la cuisine, chargée de verres et d'assiettes vides. Raffini n'en poursuivit pas moins sa discrète investigation.

— Ces partouzes comme vous dites : avec des gens d'ici ?

— Peut-être bien. Des gros bonnets. Mais pas du village, bien sûr ! De la ville. Y en a sûrement aussi qui viennent de Paris.

— Les filles aussi ? Il y a sûrement des filles, j'imagine ?

— Bien sûr ! Encore que… (un des convives partit d'un gros rire), peut-être aussi qu'ils font ça entre eux !

— En tout cas, c'est pas des filles d'ici. Les femmes du coin, elles sont tout juste bonnes à aller faire le ménage après et nettoyer leurs saloperies.

Madame Jeanne revint des cuisines, apportant au commissaire et à son adjoint deux belles parts de tarte couronnées chacune d'un petit mont Saint-Michel de chantilly. Raffini ne lâchait pas le morceau. L'occasion était trop belle.

— Mais le propriétaire, le ministre, il est au courant ?

— Lui, peut-être pas, mais le fils, sûr que oui ! Et il doit sûrement pas laisser sa place quand c'est son tour de…

— Il y habite ?

— Max ? Le fiston Du Royer ? Non, juste le week-end. Certains week-ends. Il vient avec des copains de Paris. Drôles de loustics d'ailleurs. C'est eux qu'il envoie chez Paule, l'épicière, quand y a des choses qui manquent là-bas.

Pour Raffini, c'était de plus en plus clair. Limpide, même. Bien sûr, l'idéal aurait été de poursuivre l'investigation auprès de cette épicière ou des femmes chargées d'aller faire le ménage. Mais le risque était trop grand que l'une s'inquiète de leurs questions et ne prévienne le château…

Ils réglèrent le repas et reprirent la Traction pour regagner leur poste d'observation. Cette fois l'endroit était plus animé. Une camionnette s'était garée dans la cour et on déchargeait des caisses.

Soudain une silhouette s'élança de la petite porte latérale observée le matin. Une fille, totalement nue, qui courait éperdument, en agitant les bras. Malgré la distance, Raffini eut bien l'impression de l'entendre crier. Un grand type surgit derrière elle. Il la ceintura et la plaqua au sol sans ménagement. Un second le rejoignit. Ils la maîtrisèrent et la ramenèrent au château manu militari.

La scène n'avait duré que quelques instants, mais elle suffit à Raffini. Regagnant son siège dans la Traction, le commissaire décrocha le combiné. Vercort attendait l'appel.

— Alors ?

Il résuma les informations nouvelles : ce qu'ils avaient appris pendant le déjeuner, la scène à laquelle il venait d'assister… Le faisceau d'indices semblait suffisant.

— C'est bon, j'appelle le préfet. Le Curé va vous rejoindre. Nous serons sur place dans disons… deux petites heures. Je demande une unité de la Mobile.

*

Peu avant 18 heures, les différentes forces d'intervention étaient présentes. Grand-Cateau et ses adjoints avaient pris place sur l'arrière du château pour couper toute retraite possible. Vercort avait accueilli le préfet et son aréopage. Ce dernier avait tenu à être personnellement présent. Preuve qu'il prenait l'affaire extrêmement au sérieux et surtout qu'il était grandement inquiet quant à toute éventuelle bavure.

Mais Raffini était un vieux de la vieille et il savait y faire. Après que le Curé et ses hommes eurent pris leur position sur l'arrière, il s'avança, muni d'un porte-voix, vers la porte principale. Morlaine et Simon le suivaient et quelques pas derrière eux, une demi-douzaine de gardes mobiles s'étaient déployés. La porte s'ouvrit dès la première sommation. Un grand gaillard aux sourcils broussailleux surgit sur le haut du perron.

— Qui êtes-vous ? Qu'est-ce que vous voulez ?

Raffini leva haut sa carte.

— Police. Nous avons un mandat de perquisition.

Le bonhomme joua les indignés :

— Qu'est-ce que c'est que cette histoire ? Une perquisition ? Mais pourquoi ça ? D'ailleurs, monsieur n'est pas là. Je ne vous ouvre pas.

Il semblait réellement sur le point de refermer la porte quand Simon bondit, repoussant le bonhomme et glissant son pied dans le battant. Morlaine et

Raffini surgirent simultanément, et se saisirent de l'individu qui se débattait, furieux. Morlaine lui passa les menottes. D'un coup il se calma.

— Combien de personnes en ce moment dans le château ? demanda Raffini.

— Je ne sais pas… cinq… non, six.

— Pas de visiteurs ?

Il répondit d'un hochement de tête. Les gardes étaient entrés dans le sillage du commissaire et ses adjoints. Puis surgirent Vercort et le préfet.

— D'abord on rassemble tout le monde et on commence la visite, les étages et les chambres. Ensuite on descend. Compris ?

La fouille du château fut rondement menée. À l'exception des locaux à l'usage du personnel, l'endroit était vide. Restaient les caves. Accompagnés de leur garde rapprochée et de Grand-Cateau qui les avait rejoints, ils descendirent l'escalier menant au sous-sol. L'endroit était vaste, obscur, puant. Puis ils entendirent les voix. Pas vraiment des voix : des geignements, des râles, des plaintes.

Ils n'eurent pas loin à aller : au fond du couloir principal s'ouvrait une batterie de petites caves serties les unes contre les autres et fermées de grilles. Comme les fameuses cages de Louis XI ou celles des fauves et des singes dans leurs domaines du zoo.

Spectacle terrible, insoutenable : dedans, des formes s'agitaient, des formes humaines. Celles de jeunes filles ou jeunes femmes nues, terrifiées, couchées à même la paille…

20

— Les trois filles disparues ?

— En effet ! Monstrueux !

Raffini et son ami Mével avaient repris leurs habitudes à la cantine de Chez Raoul de l'autre côté du boulevard de la Cité. Le soleil rayonnait et les touristes envahissaient les lieux, les robes froufroutantes des jeunes femmes dansant au vent comme coquelicots et bleuets : terrible contraste avec le spectacle entraperçu dans cette cave sordide…

— Vivantes ? interrogea l'archiviste.

— Marion et Danièle, oui. Et une troisième aussi. Mais pas Nadine, Nadine-Betty la jeune chanteuse. Elle était, elle aussi, couverte de bleus et de contusions. Des marques de colliers et de chaînes, également. Comme les autres. Mais les autres ont résisté et pas elle. Peut-être lui avait-on fait ingurgiter quelque chose de spécial, une drogue ou je ne sais quoi. Ou bien son cœur a-t-il lâché suite à une faiblesse, une malformation. Il est encore trop tôt pour le dire…

— Et la troisième ?

— Une fille du même âge. Mais dont la disparition n'avait pas été signalée.

— Toutes coiffées comme cette chanteuse ?

— Oui… enfin, pour ce qu'il en restait après des jours d'emprisonnement dans ces caves.

— Et pourquoi devaient-elles lui ressembler ?

— De ce que j'en ai compris : pour satisfaire les fantasmes des clients et tout particulièrement du commanditaire.

— Le fils Du Royer ?

— Chut ! Un nom à ne pas prononcer !

— C'est pourtant lui l'instigateur, non ?

— C'est également le fils d'un ministre…

— Et alors ?

— Alors, on nous a susurré à l'oreille d'y aller doux de ce côté-là, et si on pouvait, carrément de l'oublier : ce serait encore mieux !

— Et les autres ?

— Oh ! de ce côté-là pour l'instant pas de problème : on a Serge, le photographe, et « le Broc » vient d'être intercepté par nos amis belges. Ils nous le transfèrent. On a également le personnel du château et tout particulièrement un certain Fromental qui faisait fonction d'organisateur et de maître de cérémonie.

— Et les clients ?

— Ça, c'est le Curé qui s'en occupe. J'avoue avoir déjà pas mal donné. Pour la plupart, des notables du coin qui venaient s'encanailler.

Mével s'indignait :

— S'encanailler ? Violer et torturer des filles ? Mineures par-dessus le marché !

— Grosses canailles et gros salopards, je suis d'accord ! Grand-Cateau prépare un vaste coup de filet sur le réseau. Certains vont passer un bien mauvais quart d'heure !

— Et les filles ? Les survivantes ?

— Elles ont été prises en charge par l'assistance médicale. Physiquement ça ne semble pas trop grave, par contre au niveau psychologique, elles auront sans doute beaucoup de mal à s'en remettre. Si jamais elles s'en remettent...

— Quand même, je repense au fils, ce Maxime. Il va vraiment s'en tirer comme ça ? Moi, ça me dégoûte !

Raffini sortait ses Gauloises.

— Et moi donc !

*

Le commissaire allait regagner son bureau quand Grand-Cateau surgit.

— Il y a du neuf. Tu es au courant ?

— Non, quoi ?

— Ton copain, celui qui est venu te raconter ses malheurs au sujet de la chanteuse disparue. Je crois qu'il a fait des siennes. Morlaine enregistre une déposition de témoin.

Il poussa la porte du bureau de ce dernier.

— Entre...

Une femme sans âge faisait place à l'inspecteur qui peinait sur sa grosse Underwood.

— Vous avez pensé que c'était un coursier ?

— Bien sûr ! À cette heure-là, un garçon de son âge avec un grand carton sous le bras. Ce ne pouvait être qu'un livreur. Il avait l'air pressé. Il a demandé le bureau de monsieur Max. Jamais je n'aurais pensé que…

Morlaine releva la tête de son clavier.

— Ensuite ?

— Ben. Il a traversé le couloir. Je l'ai entendu frapper à la porte de son bureau. Puis un bruit de chambard. Puis ça a crié…

— Qui a crié ?

— Monsieur Max. L'autre avait sorti un couteau. Ces couteaux de poche vous savez, avec un cran d'arrêt, et il s'est jeté sur monsieur. Lui aussi il criait…

— Le livreur ? Il criait quoi ?

— Je ne sais plus exactement. Des choses horribles : je vais te crever, salaud ! Tu ne t'en tireras pas comme ça ! Il traitait monsieur d'assassin, de monstre…

Morlaine jeta un œil placide sur le document posé contre la machine.

— Perforation sur le côté droit de l'abdomen provoquée par arme blanche. Un seul coup, c'est bien ça ?

La femme avait sorti un mouchoir de son sac et s'essuyait le front et les ailes du nez.

— J'imagine, oui. Le type voulait sans doute lui donner d'autres coups de couteau, mais Berthier et Moulin qui passaient dans le couloir se sont jetés sur lui et l'ont ceinturé. J'ai aussitôt composé le numéro de la police. Et des pompiers aussi.

Raffini et Grand-Cateau sortirent discrètement. Raffini était abasourdi. Le garçon avait donc décidé de faire justice lui-même !

Comme s'il avait l'intuition que l'autre y échapperait. Mais comment pouvait-il être au courant de l'implication de ce Maxime ? Y avait-il déjà eu des fuites dans la presse ?

— Comment va-t-il ?

— Le fils Du Royer ? Pas trop mal. Il a eu de la chance. Le gamin n'avait pas grande habitude du couteau ni grande connaissance de l'anatomie. Il a planté sa lame dans le gras du bide. M'est avis qu'après quelques jours d'observation, il sera à nouveau sur pied…

Il se reprit :

— Je parle bien sûr du Maxime. Parce que pour ce qui est du gamin, m'est avis que ça va être beaucoup plus long. Le père a déjà appelé Vercort, et paraît-il que ça a bardé…

Raffini était livide. Le Curé le vit récupérer son imperméable et filer sans un mot.

*

Voir un ministre sans avoir pris rendez-vous des semaines à l'avance et sans avoir longuement expliqué, dans les petites et grandes largeurs, les raisons de cette sollicitation est bien sûr totalement impossible. Pourtant Raffini fut admis immédiatement. Quand l'huissier annonça son arrivée dans le bureau ministériel, Du Royer était au téléphone. Il jeta un regard bref et maussade au commissaire et raccrocha brusquement. C'était un petit homme au visage empourpré et à l'expression peu amène.

— Que voulez-vous ? Vous êtes l'un de ceux qui se sont occupés de cette foutue histoire, c'est bien ça ?

Raffini se sentait étrangement calme.

— En effet, monsieur le ministre. Je viens au sujet de ce qui s'est passé ce matin.

— Cet individu qui a tenté de tuer mon fils ?

— Il ne l'a que légèrement blessé. Ses jours ne sont pas en danger.

Pour toute réponse l'homme émit un bruit sourd, comme un sifflement étranglé. Raffini continua :

— Vous avez déposé une plainte.

— Cela va de soi.

— Monsieur le ministre, je suis venu vous demander de la retirer.

L'homme tomba des nues.

— La retirer ! Eh bien, il ne manquerait plus que ça ! Et pourquoi donc ?

— Parce que son agresseur est un garçon désespéré. Son amie est l'une des victimes de votre… de notre histoire. Elle est morte. Et dans des circonstances horribles. Je ne sais pas si vous avez eu état des conditions dans lesquelles les victimes étaient détenues dans ce… votre château…

Raffini appuya volontairement sur le « votre ». Le ministre observait le commissaire en silence.

— Je ne vois pas où vous voulez en venir.

— Au fait que tout sera certainement mis en œuvre pour que l'enquête n'aboutisse pas. La totalité de l'enquête, je veux dire. Avec tous les responsables. Pas seulement les lampistes et les balayeurs. Voyez-vous ce que je veux dire ? On me mettra tous les bâtons possibles dans les roues, c'est certain. Mais je suis un flic de l'ancienne école, un flic pour qui les idées d'équité, de vérité et de justice ont encore un sens. De plus je ne suis plus loin de la retraite et faire pression sur moi sera difficile. Et puis, qu'aurais-je à perdre ? Alors voilà : je suis venu vous dire que j'irai jusqu'au bout, monsieur le ministre, quoi qu'il advienne pour chacun d'entre nous…

Il laissa passer un temps puis ajouta :

— À moins que…

Le ministre le fixait avec intensité.

— À moins que ?

21

John était mort. Jean-Louis, ce gros con de Jean-Louis, était revenu. Pire qu'avant. Bien pire. Cette fois il avait tué un mec et il était en taule. Et ça n'allait pas rigoler. Des années derrière les barreaux dans un coin comme ça, sombre et puant. Tout ça pour quoi ? Pour avoir voulu jouer les Zorro et buter cette grosse merde ! Mais des grosses merdes, il y en a partout, plein le monde ! Une de plus ou de moins, qu'est-ce que ça change ?

Ça change que maintenant ma vie est foutue ! Nadine n'est plus là ! Ni les copains ni le groupe. Juste ces putains de murs, ces interrogatoires, les sales tronches de tous ces mecs ! Qu'est-ce qui m'a pris ? Bon Dieu, qu'est-ce qui m'a pris ?

Je m'interroge, mais je le sais très bien ce qui m'a pris. C'est par Bollo, mon patron à l'imprimerie, que j'avais appris l'essentiel. Il a un copain qui bosse à Ici Paris, *le canard qui aime bien les scandales, les trucs un peu dégueulasses. Ils ont envoyé des gens sur place, dans le patelin à côté du château de Barbe Bleue. Ils ont interrogé des filles qui y faisaient le ménage ou des trucs comme ça. Elles avaient pigé un certain nombre de choses. Des choses moches qui s'y passaient. Mais elles fermaient leurs gueules pour pas perdre leurs jobs et pas avoir d'emmerdes. Faut dire que là-bas, la famille Du Royer c'est pas rien. En tout cas elles étaient catégoriques : c'était Max, le fils, qui était le patron. C'était lui qui organisait les sauteries, qui trouvait les filles et les faisait venir de Paris pour leur infliger toutes ces saloperies. C'est lui qui avait enlevé celles que les flics recherchaient, c'est lui qui avait tué Betty !*

Quand je repense à ce que le copain de Bollo lui a raconté, je sens à nouveau la colère et la haine qui montent. Mes poings se serrent. Comme ils se serraient autour de mon cran d'arrêt quand je l'ai plongé dans le bide de cette enflure. La tronche qu'il a faite quand ma lame a fait son clic et s'est pointée direct sur lui. Il a compris d'un coup que j'allais lui faire la peau. C'était écrit autant sur ma lame que sur ma tronche. Il a gueulé mais c'était trop tard ! Malheureusement, y a d'autres gonzes qui se sont pointés, j'ai pas pu l'achever. Mais c'est bon, je pense qu'il a son compte.

Bon, voilà, c'est fait… Maintenant, de toute façon c'est trop tard. À quoi bon se rembobiner le film à l'envers ? Il fallait le faire, je l'ai fait. Betty, d'où tu es, vois-tu ton vieux John ? Il ne t'a pas oubliée, tu vois ! Il est toujours là avec toi, avec ton souvenir, ton fantôme. Ta voix dans mes oreilles, ta main sur mon bras, ton parfum et tes cheveux qui sentent bon l'été, tes lèvres effleurant ma joue, ton rire…

Oui, tout est toujours là et me vrille la tête, m'arrache le ventre...

Je suis resté des heures assis comme ça. Un gardien passait de temps en temps et me jetait un coup d'œil sans rien dire... D'abord il y avait eu les menottes, les bourrades, les questions, ensuite plus rien. On m'a dit que je pouvais appeler un avocat. Mais qui ? Je ne connais personne... Par la petite fenêtre en haut du mur, j'ai vu qu'il faisait tard, que la nuit allait venir. J'ai repensé à ma mère, à mes potes aussi. Qui les préviendrait ? Qu'allaient-ils penser ?

Soudain le gardien est venu, accompagné de deux gonzes.

— T'as sacrément du bol, a fait l'un d'eux.

— Ça, on peut le dire, a fait l'autre, ta garde à vue est levée...

Je ne comprenais pas.

— Allez, bonhomme, qu'il a fait, c'est bon, tu dégages.

Je n'arrivais pas à les croire !

— Allez, magne !

— Encore un qui doit avoir un solide piston !

— Tu parles ! a conclu le second.

On m'a refilé mes lacets et ma cravate, et aussi mon portefeuille et les clés du cagibi de Vince. Derrière moi la porte s'est refermée. Je me suis retrouvé dehors, dans la rue. La nuit était tombée.

J'avais froid. C'est alors que j'ai vu cette silhouette qui venait vers moi. Je connaissais ce type : c'était le flic qui m'avait emmené chez le photographe, celui avec qui on avait un peu causé… Commissaire quelque chose… je ne sais plus son nom.

— Salut, Jean-Louis, qu'il m'a fait.

*

— Allez, viens. À moins que tu aies quelque chose de prévu ?

C'était de l'humour. Qu'est-ce que j'aurais pu avoir de prévu ? Et qui aurait pu m'attendre ? Je l'ai suivi…

— Un Italien, ça te va ?

Il parlait d'un restaurant.

— Bien sûr, que j'ai fait.

Entre-temps son nom m'était revenu. Raffini, commissaire Raffini.

— Ça va ? Ça s'est pas trop mal passé ?

Qu'est-ce que j'aurais pu dire ?

— Non… Ça va…

On est entrés dans une pizzeria dans une petite rue, de l'autre côté de la Seine, Chez Mario. Il n'y avait pas grand monde. Le serveur nous a placés à une petite table dans le fond. On a commandé des pizzas. Il a pris une bouteille de rosé, mais j'ai préféré la bière.

— Comment savais-tu au sujet de ce type, Du Royer ?

Je lui ai parlé de Bollo et de l'enquête des journalistes dans le patelin, là-bas.

– Trouver le nom de sa boîte, c'était pas compliqué. Ensuite…

– Oui, je sais, j'ai eu le détail de tes faits d'armes !

– J'ai été idiot…

– On peut dire ça comme ça. En même temps…

Les pizzas venaient d'arriver. Le commissaire entreprenait d'en découper la croûte.

– … en même temps je te comprends un peu… Ta colère, je veux dire.

En fait, je n'avais pas faim. Je préférais la bière.

– Il est mort ?

– Le fils Du Royer ? Tu plaisantes ! Tu n'as heureusement touché aucun organe vital ! Un sacré coup de chance ! Dix centimètres plus haut, c'était fait ! Mais là, rien. Rien ou presque rien. Dans quelques jours il sera sur pied.

– Et moi ? Qu'est-ce qui va m'arriver ?

– Toi ? Rien. La plainte a été levée. Tu es libre.

J'ai posé ma bière.

– Libre ? Pour de bon ?

– Eh oui, Jean-Louis, libre !

– Alors c'est vous qui… ?

– Un peu, oui. On peut dire que j'ai poussé à la roue…

– Eh bien…

– Mange, ça refroidit.

L'appétit m'était revenu. La soif aussi. Le flic a redemandé une autre bière. Et du rosé aussi.

– Et lui, Maxime du Royer… Vous dites qu'il va

vite guérir. Mais ensuite ? Par rapport à ce qu'il a fait ? L'enquête de police, la justice…

Le commissaire se bagarrait avec les fils de fromage de sa Régina.

Il haussa imperceptiblement les épaules.

– Ça, mon vieux…

On s'est quittés juste après. Il m'a dit qu'il habitait l'île Saint-Louis.

On s'est serré la main. Ça m'a fait bizarre de serrer la main à un flic.

– Salut, John, qu'il m'a fait.

Ça, ça m'a fait plaisir. Qu'il se souvienne de John…

*

Il n'était pas tard. Et puis j'étais encore tout secoué. Je ne me voyais pas rentrer tout de suite dans le boui-boui de Vince. Alors j'ai décidé de faire un tour jusqu'au Golf. Pedibus. Marcher me ferait du bien. Il était tard, mais son grand néon était toujours allumé. Sur la petite scène, un groupe chauffait sacrément. Leproux m'a reconnu. Il m'a tendu la main.

– Ils ne sont pas mauvais, hein ? Les Loups Garous. Des Niçois.

– Au fait, ajouta-t-il, et votre chanteuse ? Vous l'avez retrouvée ?

Je lui ai raconté l'histoire.

— Oh, merde ! Mon pauvre vieux ! Je suis désolé.

Il m'a servi un Baby Golf, son cocktail maison. Colette, sa femme, nous a rejoints. Et Long Chris, le chanteur des Daltons. Il portait ce soir-là un chapeau de cow-boy noir. Je lui ai dit que j'avais acheté leur nouveau disque.

— Bien, mec, super !

Leproux lui a raconté au sujet de Betty.

— Putain ! qu'il a fait, les salopards !

Le taulier mit en route un second cocktail. Colette commenta :

— Oui, j'ai entendu la radio. Quand je pense que ce type est venu ici, chez nous, pour pêcher des filles. Des gamines innocentes et que personne ne s'est rendu compte de rien !

— J'espère au moins qu'il va dérouiller ! ajouta Leproux, me tendant le verre.

Que répondre ?

Long Chris leva le sien qui était vide.

— Et moi, Henri, je suce des cailloux ?

Puis se tournant de mon côté, il conclut :

— Faut tenir bon, boy ! Des sales coups, y en a toujours ! T'es batteur, c'est ça ? Eh bien, remonte un groupe ! C'est le moment : tous les mecs partent à l'armée, y a de la demande ! Go, mec, go !

*

En revenant, toujours pedibus, vers la gare Saint-Lazare pour choper un dernier train pour Asnières, je repensais à notre conversation avec lui, mon flic, le commissaire Raffini.

Il m'avait fait parler de mes débuts, de mon enfance.

– J'ai pas eu de père, j'avais dit.

– Moi, j'ai pas eu de fils, qu'il m'avait répondu.